書下ろし長編時代小説

天保艶犯科帖

八神淳一

コスミック・時代文庫

この作品はコスミック文庫のために書下ろされました。

目次

第一章　呉服屋のひとり娘……5
第二章　水茶屋の看板娘……59
第三章　女体盛りとわかめ酒……111
第四章　黒装束と白い足……153
第五章　じゃじゃ馬ならし……205
第六章　女剣士の白い柔肌……254

第一章　呉服屋のひとり娘

一

徳川《とくがわ》十二代将軍家慶《いえよし》の世。

南町《みなみまち》奉行所定町廻《ぶぎょうしょじょうまちまわ》り同心の滑方重吾《なめかたじゅうご》は、江戸の町をぎらぎらさせた目で歩いていた。

おなごを見ると、その目がねばついてくる。

神田《かんだ》の路上。滑方の目が光った。

「おいっ、おまえっ」

と、正面から歩いてくる娘に、滑方は声をかけた。

小銀杏《こいちょう》に結った髷《まげ》に、黒羽織姿。ひと目で定町廻り同心とわかる武士に声をかけられ、娘は白い美貌《びぼう》を引きつらせた。

「その着物はなんだ」

美形の娘はきらびやかな小袖《こそで》姿であった。

「あ、あの……」

「今、ご老中《ろうじゅう》様よりどのようなお触れが出ているのか、知っているか」

「は、はい……存じております」

「ほう。知っていて、その派手な着物で天下の往来を歩いているというのか」

娘を見る滑方の目が不気味に光る。なにも悪いことをしていない者でも、後退《あとず》さってしまうような目だ。

「あ、あの……すぐに着替えますので」

と、娘が言う。

「わかった。それなら、見逃そう」

「ありがとうございます」

と、娘はほっとした表情を見せた。失礼します、と娘が滑方のわきを通ろうとした。すると、滑方が、

「なにをしているっ」

と、声を荒げ、娘のほっそりとした手首をつかんだ。

その声に、往来を歩く町人たちがなにごとかと足を止める。

「着替えに帰るところです」

「ここで着替えるのだ、娘」

「えっ……」

「ご改革の趣意にそわぬ者を、このまま往来を歩かせるわけにはいかぬのだ。そうであろう、娘」

「あ、あの、着替えを持っていません」

「とにかく、その派手な着物をすぐに脱ぐのだっ」

「し、しかし……」

「お上《かみ》に逆らうというのかっ」

と、滑方はここぞとばかりに声を荒げる。

ひいっ、と娘は息を呑《の》み、躰《からだ》を震わせる。

どこぞの大店《おおだな》の娘であろう。ただでさえ白い美貌が、真っ青になっている。

怯《おび》えたような、すがるような、ゆるしを請うような目で、滑方を見つめている。

その目がたまらない。ぞくぞくする。美形ゆえに、興奮の度合いがあがる。

「さあ、脱げ。脱がないのなら、しょっぴくぞ」

「それはおゆるしくださいませっ」

娘の美しい黒目に涙が浮かぶ。

滑方はいい世になったものだ、と股間を疼《うず》かせる。

奢侈《しゃし》禁止令。

老中水野《みずの》忠邦《ただくに》より出されたお触れである。

天保《てんぽう》の改革。物価高騰《こうとう》の原因である贅沢《ぜいたく》を禁じ、質素倹約に努めることを徹底させるようにと、江戸の南北奉行に命じられていた。

このお触れに基づき、定町廻り同心の仕事は、お触れに違反している者を取り締まることに重点が置かれるようになっていた。

「しょっぴかれたくなかったら、即座にその穢《けが》らわしい着物を脱ぐのだ」

どんどん町人たちが集まりはじめていた。男たちはみな好奇の目で、役人より脱げと命じられている美形の娘を見ている。

「はやくしろっ。わしは忙しいのだぞっ」

「は、はい……申し訳ありません」

娘は覚悟を決めたのか、帯に手をかける。白い指が震えている。なかなかうまく解《ほど》けない。じれた滑方が帯の結び目をつかむと、ぐっと引いた。

するとああっ、と娘が独楽《こま》のようにまわり、帯が解けていく。

おうっ、とまわりを囲む町人たちからどよめきがあがる。

帯が解け、きらびやかな小袖の前がはだけ、緋色《ひいろ》の肌襦袢《はだジュバン》がのぞく。

「ほう、肌襦袢も派手なものをつけているではないか。水野様の改革をどう思っているのだっ」

と、ここぞとばかりに滑方はどなりつける。

「申し訳、ございませんっ」

娘は小袖の前をはだけさせたまま、往来に膝《ひざ》をつき、深々と頭を下げた。

「そのようなことはまだはやい」

えっ、と娘は顔をあげる。

「素っ裸になったのちに、土下座をするのだ」

と、滑方が言うと、素っ裸っ、と町人たちからどよめきがあがり、娘は今にも倒れそうになっている。

「さあ、立て。立ってすぐさま、ご禁制の着物と肌襦袢を脱ぐのだっ」

すでに滑方だけの意志ではなくなっている。この場に集まった町人たちもみな、脱げ、白い肌を、乳を見せろ、と迫っている。

奢侈禁止の世になり、贅沢はもちろん、娯楽も取り締まられ、町人たちはみな、日々味気ない暮らしを送っていた。

それゆえ、男たちはおなごの肌に乳に尻に飢えていた。それがただで見られるというのだ。しかも、役人のお墨付きだ。

娘が立ちあがった。小袖に手をかけるものの、なかなか脱がない。するとじれた滑方がいきなり、ぐっと引き下げた。

あっ、と娘がよろめくなか、小袖が肩から剝《む》き下げられ、緋色の肌襦袢だけとなる。

その腰紐《こしひも》も、滑方が引きちぎるようにして解き、前をはだけた。

いきなり、娘の乳房があらわれた。

「おうっ、乳だっ、乳っ」

まわりを囲む町人たちが口々に叫ぶ。

いやっ、と娘はすぐさま、あらわになった乳房を両腕で抱いた。娘の乳はかなり豊満で、乳首は隠せたものの、豊かなふくらみのほとんどは二の腕からはみ出ている。

往来で白い乳が露出されてから、場の空気が一気に淫猥《いんわい》になった。町人たちの目がぎらつき、鼻息が荒くなってくる。

それを敏感に感じるのか、娘は恐怖で震えている。

役人の前で襲われることはないと頭ではわかってはいても、男たちの熱気で娘は倒れそうになっている。

「はやく、その穢らわしいものを脱げ」

と、滑方が言う。

娘は必死に乳房を抱いたまま、

「お役人様、どうか、これでおゆるしくださいませ」

と、頭を下げる。

「水野様のお触れを愚弄《ぐろう》する気か」

「とんでもありませんっ」

「では、喜んでその穢らわしい肌襦袢を脱ぎ捨てるのだ」

「は、はい……」

娘が乳房から手を引いた。すると、たわわに実った乳房があらわれる。美形のうえに色白で、乳房も豊満ときているため、町人たちはみな、褌《ふんどし》の中で勃起させていた。

娘が肌襦袢を下げていく。

白い肌がどんどんあらわになり、腰巻だけになった。

「これは預かっておく」

と、滑方は小袖といっしょに肌襦袢も手にする。

「ああ、私はどうすれば……こんな姿では往来を歩けません」

娘がすがるように滑方を見つめてくる。

もちろん、滑方も勃起させていた。できれば、着物を返すのを条件に、近くの甘味処の二階にでも連れこんで一発はめるところだが、あまりに人だかりが多くなっていて、それも憚《はばか》られた。

これはあくまでも、奢侈禁止令での務めなのだ。

「まだ、一枚残っておるであろう」

と、滑方は言った。

「ああ、これだけはっ。どうか、これだけはおゆるしくださいませっ」

娘が美しい瞳からぼろぼろ涙を流しつつ、腰巻一枚のなんともそそる姿で滑方に訴えてくる。

ぞくぞくした快感に、下帯《したおび》の中で魔羅《まら》がひくつく。これぞ、市中取り締まりの醍醐味《だいごみ》である。

「やはり、水野様のお触れに逆らう気であるなっ」

しょっぴこう、と滑方は娘の腕をつかむ。

「お待ちくださいっ。脱ぎますっ」

そう叫ぶなり、娘が最後の一枚に手をかけた。

二

南町奉行所定町廻り同心の倉田彦三郎《くらたひこさぶろう》は神田の往来で人だかりを見つけた。

男ばかりが集まっていて、中から、おなごの悲鳴のような声が聞こえてくる。

なにごとか、と彦三郎は人だかりに駆け寄っていく。すると中から、

「やはり、水野様のお触れに逆らう気であるなっ」

と、男の声が聞こえた。

あの声は、滑方どのでは……。

「お待ちくださいっ。脱ぎますっ」

おなごの声が聞こえてくる。

脱ぐ……まさか、往来で裸にさせているのか。

「ちょっとどきなっ。どくんだっ」

人だかりをかき分けて中に入ると、目を見張った。ちょうど、娘が腰巻を取っているところだったのだ。

股間の黒々とした茂みをいきなり目にして、彦三郎は思わず、おうっ、と声をあげた。

その茂みはすぐに消えた。裸の娘がしゃがみこんだからだ。

「なにをしているっ。立つのだ、娘っ」

やはり、定町廻り同心の滑方であった。

「ああ、これでおゆるしくださいませっ」

娘はしゃがみこんだまま、ぶるぶると裸体を震わせている。

しかし、なんと白い肌なのであろうか。ちょうど膝小僧に乳房が押しつけられていたが、豊満なふくらみを見せている。

「いかがなされた、滑方どの」

声をかけると、滑方が彦三郎に目を向けた。

「この娘が水野様のお触れに逆らっているのだ」

滑方の手には、小袖や肌襦袢があった。確かに、どれも派手なものではあった。こんなものを着て往来を歩けば、滑方のような取り締まりに命を賭《か》けている同心の格好の餌食《えじき》だ。

「しかし、往来で素っ裸にさせるのは……」

「なにっ」

と、滑方がぎろりと彦三郎をにらみつける。

「倉田どのは、この娘の肩を持つというのか」

「いや、そういうわけでは……しかし、見世物になっているではないか」

「これは見せしめなのだ。ほらっ、娘、立てっ。立って、水野様に逆らったことを懺悔《ざんげ》するのだっ」

と、滑方が娘の腕をつかみ、ぐっと引きあげる。

ああ、と声をあげつつ、娘が立ちあがる。右腕は滑方につかまれたままで、左腕だけで乳房を抱き、すぐさま下腹の陰りを手のひらで覆《おお》う。

裸の娘を囲んでいる男たちの目が、みな異様な輝きを見せている。二十人ほどいるだろうか。誰も口をきかず、押し黙って、じっと娘の裸を見ている。

彦三郎も思わず、見てしまっていた。

ほっそりとした躰であったが、乳はなんとも豊かであった。乳首は桃色で、わずかに芽吹いている。

腰は見事にくびれ、素晴らしい曲線を描いていた。

「ほれ、詫《わ》びるのだ、娘」

「しゃ……奢侈……禁止の……お触れに……逆らったことを、おゆるしくださいませ」

「反省しているか」

「はい……」

娘は、ゆるしてくださいさい、と全身で哀願している。

「下《しも》の毛を隠すな、娘」

「えっ……これは……」

「反省しているのであろう」

「申し訳、ございませんっ」

と、娘が恥部から手を離していく。再び、下腹の陰りがあらわれる。

止めに入ろうとしていた彦三郎は、ううっ、と息を呑む。

思わず、町人たちと同様、娘の裸体に見入ってしまう。

「どうした、倉田どの。はじめておなごの裸を見るわけでもあるまい。おなご知らずのような目をしているぞ」

と、滑方がからかうように、そう言う。

彦三郎は苦笑したが、当たっていた。おなご知らずなのだ。乳も下腹の陰りも、生まれてはじめて目にしていた。

「ここまでにしておいたほうが……娘も反省しているようであるし」

と言い、滑方の手から肌襦袢を取ると、彦三郎は全裸をさらしつづける娘の肩にかけていった。

「甘いな、倉田どの」

とまた、滑方がぎろりと彦三郎をにらむ。

「倉田どのはどうも市中取り締まりに力が入っていないとお見受けするが、もしや倉田どのも水野様のお触れに賛同していないのでは」

「まさか。ご改革に逆らうなど」

彦三郎はかぶりを振る。

「そうかな」

南町奉行に老中水野忠邦の腹心である鳥居《とりい》耀蔵《ようぞう》が着任してから、市中の取り締まりがさらに厳しくなっていた。定町廻りの務めは、このところ娘のような贅沢している者を取り締まることが主となっている。

彦三郎は娘のような者を見つけても見逃すことが多く、鳥居耀蔵の覚えもよくなかった。

「ほれ、肌襦袢をよこせ。このような贅沢の品はすべて破棄しなくてはならぬのだ」

と言って、滑方が娘の躰から、再び肌襦袢をむしり取った。そして、では、と小袖と肌襦袢、さらに腰巻まで手にして、去っていった。町人たちの輪も崩れて、みな離れていく。

裸のまま残された娘は白目を剝き、彦三郎のほうに倒れてきた。

「娘っ」

彦三郎は思わず、抱き取る。

背中のしっとりとした肌触りに、どきりとする。しかも胸もとに美貌を埋《うず》めた娘のうなじからは、なんとも言えぬ甘い薫《かお》りが漂ってきた。

「起きるのだっ」

肩を揺するものの、目を覚まさない。また、崩れていく。

「娘っ」

と、彦三郎もしゃがみ、娘の裸体を抱き取る。さらに激しく肩を揺する。

「ああ、お武家様……」

瞳を開いた娘が、彦三郎を見つめてくる。

「もう大丈夫だ」

「ああ、私のような者を、お助けくださるのですか」

「名をなんという」

「美奈《みな》でございます」

「そうか。羽織を着せてやりたいが、そうもいかぬ。人の目があるからな」

「いいえっ。同心様の黒羽織など、もったいない話ですっ」

美奈がぐっとしがみついてくる。なんせ素っ裸のままなのだ。目の下には、細面《ほそおもて》の美貌だけではなく、たわわな乳房がある。乳首がさきほどよりとがってきていた。

なにより、裸体全体より、なんとも言えぬ甘い体臭が立ち昇ってきている。

不覚にも、彦三郎はお勤めの途中でありながら、魔羅を大きくさせていた。娘に対しては同情以外の感情はないはずであったが、下帯の中で硬くさせていた。

武士として、同心として、修行が足りないなによりの証《あかし》であり、彦三郎はそれを恥じていた。

「このまま、帰ります」

「いや、さすがにこのままというわけにはいかぬな。古着屋が近くにあろう。そこまで送ってやろう」

「いえ、私などにこれ以上かかわっていたら、お武家様にご迷惑がかかります。ご老中様のお触れを安易に考えていた私が悪いのです」

美しくすんだ瞳で、美奈が彦三郎を見あげてくる。

相変わらずしがみついたままだ。顔が近い。おちょぼ口がたまらない。彦三郎はおなご知らずのうえに、口吸いも知らない。乳房を揉《も》んだこともない。

乳房を、揉む……。

そこにあるではないか。水野様のお触れに逆らっているおなごの乳なのだ。揉んでも構わぬのでは。いや、だめだ。俺としたことが、これでは滑方と同じになるではないか。

やはりこの乳を、この肌を隠そう。

彦三郎は黒羽織を脱ぐと、美奈の裸体にかけてやった。

「ああ、お武家様……このご恩は、一生忘れません」

今にも口吸いできそうな雰囲気だったが、もちろん、なにもしなかった。

「古着屋に参ろうぞ」

美奈の躰を町人たちの目から庇《かば》うようにして、彦三郎は歩きはじめた。

三

夕刻——彦三郎は定町廻りを終えると、八丁堀《はっちょうぼり》には向かわず、本郷《ほんごう》へと足を伸ばした。

「たあっ」

なじみの道場に顔を出すと、師範代の結衣《ゆい》と門弟の源太《げんた》が稽古《けいこ》をしていた。源太は魚の棒手振《ぼてふ》りであったが筋がよく、結衣は目をかけていた。

源太の面が結衣の額に入りそうになったが、結衣はすばやく払うと、胴を狙《ねら》った。だが源太はさっと躰をかわし、結衣の小手を狙っていく。

結衣は根元で結った漆黒《しっこく》の長い髪を揺らしながら小手をはじき、もう一度胴を狙った。

今度は見事に胴が決まり、ぐえっ、と源太が膝を折った。

「あっ、ごめんなさいっ。寸止めしなければならないところを、つい……」

「いやあ、結衣様がそれだけ真剣になられたということですよね。あっしはうれしいです」

そう言ったあと、痛《いて》え、と顔をしかめる。

「ごめんなさい」

結衣が汗ばんだ美貌を源太に寄せて、腹をさする。源太はまんざらでもない顔をしている。

「源太、真《まこと》に痛むのか」

と、声をかけると、

「あっ、倉田様っ」

源太が、ばつが悪そうな顔を浮かべた。

「結衣どの、お手合わせをおねがいしたい」

黒羽織を脱ぎ、腰の大小を刀かけにかけると竹刀《しない》を手にした。

結衣が正眼に構える。おなごだが、かなりの剣の遣《つか》い手であった。しかも、凜《りん》とした美形である。

こうして向かい合っているだけで、彦三郎の胸は熱くなる。

「たあっ」

と、裂帛《れっぱく》の気合いをこめて、結衣に向かって飛びこんでいく。面っ、と美貌を狙う。直前ではじき返され、そのまま竹刀の先端が、彦三郎の胸もとに突き出てくる。

彦三郎はぎりぎりかわし、胴を狙う。それをまた結衣がはじき、彦三郎の喉《のど》を突いてくる。

大きく竹刀を動かすたびに漆黒の髪が大きく揺れて、そこから甘い薫りが漂ってくる。いや、髪だけではない。すでに源太相手にかなり稽古をしていたようで、純白の稽古着からも汗の匂いが薫ってきている。

「面っ」

と、結衣が大きく竹刀を振り下ろしてきた。

胸もとの合わせ目がわずかにずれて、そこから、さらしで覆いきれない白いふくらみがちらりとのぞく。

どきりとして、わずかに彦三郎の気が乱れる。

すると、結衣の小手が見事に決まった。寸止め同然だったが、ちょんと竹刀の先端で手の甲を突かれていた。

「倉田様は大変な腕前なのですが、ひとつだけ欠点があります」

「なんでしょうか」

「おなごの色に気を乱すということです」

そう言うなり、結衣がいきなり稽古着の胸もとをはだけた。

あまりに突然で、あまりに予想外で、彦三郎はおうっと声をあげていた。道場の隅でずっと稽古を見ていた源太も、おうっと叫んでいる。

もちろん、乳房があらわになったわけではない。結衣は胸もとに白いさらしを巻いていた。ぐっと強めに乳房を押しつけている。

だが豊満ゆえか、さらしから白いふくらみがかなりはみ出てしまっていた。それがなんともそそる。

しかも、はみ出ている乳房には無数の汗の雫《しずく》が浮いていて、見ている間も次々と雫がさらしへと流れていた。

「さきほど、私が面を打ったとき、倉田様の気が乱れるのを感じました。きっと胸もとの合わせ目がずれたのだと思います」

「そのとおりです……」

「それでわずかに隙《すき》ができてしまい、私が小手を決めることができました」

「はい……」

「稽古だからよいものの……いや、稽古でもよくありませんが、でも、命を賭けた戦いであれば、この一瞬の隙が命取りとなります」

結衣は稽古着の胸もとを大胆にはだけたまま、凜とした目で彦三郎を見つめている。

その美しい瞳と、白いふくらみに圧倒されてしまう。

「今も気が乱れたままです。私の乳を見たい、と思っていらっしゃいますね」

「えっ、い、いや……あ、ああ、いや、そのようなことは……」

彦三郎は返答に窮していた。

「おなごの乳を見たことはありますか」

「あ、あります……さきほど……」

「さきほど……」

結衣が小首を傾《かし》げる。

「往来で派手な着物の娘に同輩がからんで、全裸にさせたのだ」

「ひ、えっ、素っ裸ですかいっ」

源太が大声をあげる。結衣は美貌をしかめている。

あのあと、彦三郎は美奈を古着屋まで連れていき、そこで小袖を買い与えた。美奈は涙を流して彦三郎に礼を言い、お代を返すためにと名前を聞いてきた。お代などいらぬ、と言ったが、どうしてもお礼をしたい、と言われて、南町奉行所の倉田彦三郎と教えた。

美奈はやはり、大店の娘であった。日本橋《にほんばし》に店を構える呉服屋である、扇屋《おうぎや》のひとり娘だと言った。このご恩、一生忘れません、と美しい瞳でじっと彦三郎を見つめてきた。

「そのとき、娘の乳を見ました。乳だけでなく、下の毛も」

「はじめてですか」

「えっ……」

「おなごの乳や下の毛を見たのは、そのときがはじめてですか」

さらに踏みこんだことを、結衣が聞いてくる。これは、倉田様はおなご知らずですか、と聞いているのと同じだ。

どう答えたらよいのだ。おなご知らずでも、別に恥じることではないが……どうなのか……。

結衣がさらしに手をかける。胸もとから剝《は》がしはじめる。

「な、なにを……なさっているのだ、結衣どのっ」

さらしが解かれ、白い乳房があらわれた。

「こ、これは……なんと」

彦三郎は目を見張った。結衣の乳房はかなり豊満であった。しかも、見事なお椀形《わんがた》をしていた。乳首は淡い桃色であったが、わずかに芽吹いていた美奈とは違い、つんととがりきっていた。

色合いが清廉《せいれん》なだけに、勃起させた乳首は妙にそそった。

「ああっ、結衣様の……ち、乳……乳っ」

いつの間にか、源太がそばまでにじり寄ってきていた。彦三郎の隣で正座をして、乳房を出した師範代を惚《ほう》けたような顔で見あげている。

「源太さん、あなたはおなごの乳を見るのははじめてですか」

「は、はじめてですっ。ああ、おなごの乳を見るのは、ああ、生まれてはじめてですっ」

源太は声を弾ませている。

「どうですか、おなごの乳は」

「ああ、きれいですっ。ああ、この世のものではありませんっ、結衣様っ」

堂々と乳をさらしていたが、落ち着いて見ると、結衣はかなり恥じらっていた。頬《ほお》だけでなく首もとから鎖骨《さこつ》にかけて、朱色に染まっている。稽古着からわずかに出ている足の指をすり合わせているのがわかる。

結衣はおなごの色に惑う彦三郎のために、自らの乳を出したのだ。

結衣のその気持ちにはきちんと応《こた》えなければならぬと思い、

「私もおなご知らずです」

と、彦三郎ははっきりと答えていた。

「そうなんですかいっ。倉田様もあっしと同じなんですかいっ」

源太が驚きの顔で、彦三郎を見あげる。

「おなごを抱く機会がなくてな」

「吉原《よしわら》は……行かないのですか」

「性に合わぬのだ」

源太の問いに答えつつも、彦三郎は結衣を見ていた。

おなご知らずと聞いて、どう感じたのか気になったのだ。だが、結衣はなにも表情を変えずにいた。相変わらず、凛とした透明感あふれる眼差《まなざ》しを彦三郎に向けている。

それでいて、あらわなままの頂点で息づく蕾《つぼみ》はつんととがらせたままだ。お椀形のふくらみの深い谷間に向かって、無数の汗の雫が流れている。

あの乳に顔を埋めたいと思った。ぐりぐりと顔をこすりつけられたら、どんなに気持ちいいだろうか。

いや、なにを思っているのだ。結衣どのは、おなご知らずの彦三郎がおなごに惑わぬようにと、慣れるようにと恥に耐えつつ乳を出しているのだ。

「倉田様、今、なにを思っていらっしゃいますか」

と、結衣が聞いてきた。まっすぐ彦三郎を見つめている。

「えっ、い、いや、なにも……」

結衣が竹刀を捨てて、こちらに迫ってくる。たわわな乳房が揺れて、汗の流れが大きくなる。

四

結衣は、御免、と言うなり、彦三郎の腰をつかみ、足を払ってきた。不意をつかれた彦三郎はあっと畳に仰向《あおむ》けに倒れる。

すると結衣がまたも、御免、と言いつつ、彦三郎の胸もとを跨《また》ぐと、膝を曲げてきた。白いふくらみが迫ってきた、と思った刹那《せつな》、顔面に結衣の乳房が押しつけられた。

「ひぇっ」

と、素《す》っ頓狂《とんきょう》な声をあげたのは、源太である。もちろん、彦三郎も、なにをっ、と声をあげていたが、乳房に押しつけられ、くぐもったうめき声にしかならなかった。

結衣はぐりぐりと豊満な乳房を彦三郎の顔面に押しつけてくる。

顔面が結衣の汗にまみれると同時に、むせんばかりの汗の匂いに包まれる。

それは極上の匂いであった。結衣が稽古で流した汗なのだ。

「今、こうされたい、と思っていましたよね、倉田様」

そう聞きながら、結衣がさらにぐりぐりと乳房を押しつけてくる。

「う、うぐ……」

そのようなことはない、と答えたが、うめき声にしかならない。

「あ、ああ、倉田様……うらやましい……」

源太が声をうわずらせている。

「倉田様は、なによりもおなごに慣れることをお勧めします」

やっと結衣が乳房を引きあげた。彦三郎を見下ろす美貌は、真っ赤になっている。こんなに恥じらっている結衣を見るのははじめてだった。

かわいいおなごだ、と思った。

「相手がおらぬのだ」

「はやく見つけることです」

そう言うと、結衣がはだけていた稽古着の胸もとを合わせた。さらしを巻かない状態だ。

「もう一度、お手合わせ、願いたい」

起きあがりつつ、そう言うと、はいっ、と結衣は竹刀を持った。

あらためて向かい合う。さきほどまでと違い、結衣は乳房にさらしを巻いていない。今も隠しきれない白いふくらみが、合わせ目からのぞいている。

たあっ、と彦三郎のほうから向かっていく。面っ、とまっこうから竹刀を振り下ろす。結衣が額の直前でそれをはじき返した。そのとき、

「あっ……」

と、唇が動いた。わずかに動きが鈍った。

ここだっ、と胴を狙う。結衣はすばやく竹刀を動かし、お腹の前で受ける。

彦三郎はすぐさま面に戻していく。

「面、面っ、面っ」

と続けて竹刀を振り下ろしていく。すると、結衣が受けるたびに、あっ、と唇を動かした。いつもの切れがなくなり、防戦一方となる。

はじめは、なにゆえ、と思ったが、今は理由がわかっていた。

あのとがった乳首が、腕を振るたび稽古着の裏にこすれるのだ。

大きく腕を振りあげさせるために、彦三郎は大上段より竹刀を振り下ろした。

結衣が両腕を大きくあげて受けようとする。そのとき、

「はあっんっ」

と、なんとも甘い声をあげた。

ここだっ、と彦三郎は一瞬の隙をつき、がら空きの胴に竹刀を入れた。

「胴っ」

見事に決まったが、勢いをつけて打ちすぎて、結衣が、ううっと膝を折った。

「あっ、申し訳ないっ。寸止めにするはずがつい」

「ああ、お見事でした、倉田様」

と、彦三郎を見つめた結衣の瞳は、さっきまでとは違い、妖《あや》しい潤《うる》みを帯びていた。

彦三郎はどきっとして、しばし固まった。


稽古を終えて、三人で井戸端にいた。

彦三郎と源太は諸肌《もろはだ》を脱ぎ、胸板を木綿《もめん》で拭《ぬぐ》っていたが、おなごの結衣は片肌だけ脱ぎ、汗ばんだ鎖骨や二の腕を拭っている。乳房は稽古着で覆っている。

さきほど乳を出したのだから、結衣どのも諸肌でよいのでは、と言いたかったが、言えなかった。

「師範の坂木《さかき》どののお加減はいかがですか」

彦三郎が結衣の父の容体を聞く。

この道場は結衣の父である坂木剣山《けんざん》がふた月前に開いたものであった。子細は聞いていなかったが、藩士であった坂木剣山は訳あって国を追われ、ひとり娘の結衣とともに江戸に来たらしい。

浪人の身で仕事もなく、朽《く》ちかけていた廃寺で道場を開いたのだ。だが二週間前、剣山は病に倒れ、そのあとを結衣が師範代として継いでいた。

「精のつくものを食べさせてはいるのですが、薬代まではまわらず、あまり芳《かんば》しくはありません」

「そうですか」

薬代くらいなら都合できるが、恐らく結衣は断るだろう。だがやはり、薬代は出せる、と言ったほうがよいのではないか。

結衣が剥き出しの腕をあげて、二の腕の内側から腋《わき》の下の汗を拭いはじめる。

腋のくぼみの和毛《にこげ》にどきりとする。もう何度となく井戸端で見ていたが、今日はいつも以上に、股間にきていた。恐らく、乳を、乳首を見たからだろう。

結衣はていねいに二の腕の内側と腋の下、そして首すじを拭っていく。

知らずしらず、彦三郎も源太も見入っていた。

「あ、あの……結衣様」

「なんですか、源太さん」

腋の下を閉じ、結衣が源太を見つめる。

「あ、あっし、薬代ならちょっと都合できます」

「ああ、ありがとう、源太さん」

結衣がうれしそうな笑顔を見せた。それを見て、

「私も都合がつくぞ」

と、彦三郎も口にしていた。

「ああ、倉田様まで……ああ、ありがとうございます」

結衣の瞳に涙がにじみはじめる。それはみるみると増えて雫となり、瞳から
次々と流れていく。

「ああ、結衣様……」

源太がため息を洩《も》らす。美しかったのだ。もともと美しい女人であったが、感
激と感謝で涙を流す結衣は神々《こうごう》しいほどきれいであった。

「必ずお返ししますから、おねがいします」

涙を拭いながら、結衣が頭を下げた。

五

日本橋の料亭、花村《はなむら》に一丁の駕籠《かご》が止まった。

すぐさま女将《おかみ》の小夜《さよ》が出てきて引き戸を開けた。細面の、かなりの美形である。

するとそこから、眼光鋭い武士があらわれた。

「お待ちいたしておりました」

うむ、と鷹揚《おうよう》にうなずき、女将に先導されて、打水の打たれた石畳を歩く。

武士の鋭い目は、女将のうなじに向いていた。射るように見つめている。

女将のうなじには、ほつれ毛が数本貼《は》りつき、なんとも言えない色香が匂っていた。

武士の視線を感じたのか、小夜はうなじに手を添えた。その仕草がまた、匂うようであった。

武士は南町奉行の鳥居耀蔵であった。老中水野忠邦の腹心で、天保の改革を現場で進めていた。

「こちらでございます」

小夜が奥へと進んでいく。渡り廊下を進み、離れの一室に通した。

「御前様、お運びいただきまして、ありがとうございます」

下座に町人が控えていた。恭《うやうや》しく平伏する。

町人は、日本橋で呉服屋を営む井筒屋《いづつや》の主人である、時次郎《ときじろう》であった。井筒屋はかなりの大店であったが、奢侈禁止令により贅沢品が売れなくなり、売り上げがかなり落ちていた。

うむ、とうなずき、鳥居耀蔵は腰の大小を抜くと上座に座った。すると、すぐさま酒が運ばれてきた。

時次郎が酌《しゃく》をしようとしたが、

「女将」

と声をかけ、耀蔵がお猪口《ちょこ》を手にした。はい、と小夜は耀蔵の斜め前に座り、徳利《とくり》を手にした。

「近こう寄れ」

耀蔵は隣をあごで示した。小夜はちらりと時次郎を見た。時次郎がうなずき、小夜は耀蔵の隣に座り、あらためて徳利を手にする。

どうぞ、とお猪口に注いでいく。

「名をなんと申す」

「小夜でございます」

「そうか」

鳥居耀蔵の鋭い目は、小夜のほっそりとした指に向いていた。

視線を感じるのか、女将でありつつ手を震わせはじめる。お猪口に徳利の先が当たり、こつこつと野暮な音がした。

「どうした、小夜」

耀蔵が呼び捨てにする。

するとさらに徳利の先端が揺れて、酒がこぼれた。

「あっ、申し訳ございませんっ」

南町奉行の着物が酒で濡れた。

「小夜っ、なんてことをっ」

時次郎があわてる。

小夜はあわてて胸もとから懐紙《かいし》を出すと、失礼します、と言って着物に落ちた酒に当てていく。

ちょうど耀蔵の股間に当たっていて、着物ごしに魔羅を撫《な》でるような形になってしまう。

下帯ごしに勃起を感じた小夜は、細面の美貌をはっと強張《こわば》らせた。

「御前様っ、不調法をおゆるしくださいっ」

時次郎が真っ青になって謝る。

耀蔵は射るような目で、小夜の横顔を見つめている。

小夜の手がまた震えはじめる。着物ごしに魔羅を感じながら、手を震わせている。そこから手を離さない。離せないのだ。

「口で詫びるか、小夜」

と、耀蔵が言った。

「く、口と……申しますと」

横顔を見せたまま、小夜が問う。その声も震えている。

「尺八《しゃくはち》に決まっているであろう。酒のつまみに、よい音色を聞かせてくれぬか」

そう言って、耀蔵がごくりと酒を飲み、空いたお猪口を台に置く。小夜はすぐに、あらたな酒を注ごうとする。

「口移しだ」

と、耀蔵が言う。小夜は泣きそうな表情を見せた。

「なんだ、その顔はっ。わしの口に触れたくないかっ」

耀蔵が声を荒げる。野太い声に鷹《たか》のような目でにらまれ、小夜はひいっと息を呑み、

「口移しを、おねがいしますっ」

と叫び、あわてて徳利の口を唇に当てて、大量の酒を口の中に含んだ。そして耀蔵の口に、おちょぼ口を寄せていく。

すると耀蔵が右手を伸ばし、小夜のうなじにまわした。ぐっと引き寄せ、唇を奪う。

「う、うう……」

耀蔵の口と小夜の唇が重なる。いや、重なるというような雰囲気ではない。耀蔵が、小夜の唇を貪《むさぼ》り食っている感じだ。

「うっ、うう、うう」

小夜の口に含まれた酒は耀蔵に注がれず、ほとんど唇からあふれてあごから小袖へと垂れている。

耀蔵が口を引いた。そして、舌を出した。

小夜が困惑の目を耀蔵に向ける。耀蔵がぎろりとにらむ。

小夜はひいっと息を呑み、どうしたらいいのか、と時次郎に目を向ける。

「唾《つば》だっ。おまえの唾を御前様の御舌に垂らすのだっ」

と、時次郎が叫ぶ。

「つ、唾、ですか……」

言われて、小夜は唾を出そうとする。だが、緊張しすぎて喉がからからになっている。まったく唾が出ない。

だが、耀蔵は舌を出したままでいる。ずっと小夜をにらみつけている。

「唾だっ、小夜っ」

時次郎のほうが泣きそうな顔をしている。

ようやく唾が小夜の唇から出てきた。とろりと垂れていく。それが耀蔵の舌に乗る。耀蔵がぺろりと舐《な》め取る。

そして、また舌を出す。少し落ち着いたのか、小夜の唇からとろりと大量の唾が垂れていく。それが耀蔵の舌に落ち、ぺろりと飲んでいく。

「美味じゃ。井筒屋、この女将の唾はなんとも美味じゃぞ」

「ありがとうございますっ」

時次郎は平伏する。

耀蔵が立ちあがった。小夜がまた、困惑の表情を浮かべる。小夜は高級料理屋の女将であり、娼婦《しょうふ》でないのだ。だから耀蔵が望むことのひとつひとつがわからない。

だが、それで耀蔵が怒鳴りつけることはない。むしろ、手際よく尺八に移行したら興醒《きょうざ》めであろう。

「なにをしているっ。帯を解いてさしあげるのだっ、小夜っ。尺八を吹くのだろうっ」

「しゃ、尺八……」

酒をこぼしたのは失態だったが、尺八を吹きにこの場にいるのではない。

「わしの魔羅など口にしたくはないか」

「いいえっ、そのようなことはありませんっ」

と叫んだのは、時次郎である。

時次郎は大奥《おおおく》の御用達《ごようたし》の座を狙っていた。あらゆる伝手《つて》を使って、御用達の看板を手に入れようとしたが、既得権益を奪い取るのは並大抵のことではなかった。

そこで、新たに南町奉行に就《つ》いた鳥居耀蔵に目をつけたのだ。

水野忠邦の腹心として、江戸の民には質素倹約を押しつけていたが、耀蔵自身は酒池肉林《しゅちにくりん》を好むと聞いていた。

　実際、今も美形の女将の無作法につけいり、口吸いから尺八へと強要させている。

　そのあくどい手際のよさに、時次郎は狼狽《うろた》えつつも感心していた。この御方《おかた》なら、井筒屋のために大奥の御用達の金看板を取ってくださる、と確信した。

「お舐めしたいよな、小夜。御前様の御魔羅をおしゃぶりしたいよな」

と、時次郎は猫なで声で問う。

「は、はい……お舐めしたいです」

「では、帯を解いてさしあげるんだ」

はいっ、と小夜は場の雰囲気に呑まれたまま、耀蔵の帯に手をかける。白い指が震えている。細面の美貌が真っ青になっている。

　耀蔵の目が光る。震える指に、青ざめた美貌に昂《たかぶ》っているのだ。

　帯を解き、抜くと、着物の前がはだけ、下帯があらわれた。そこから、むっと牡《おす》の獣の匂いがした。

　小夜は一瞬、美貌をしかめたが、すぐに、その獣の匂いに躰を疼かせはじめる。

　失礼します、と言って、下帯に手をかける。指の震えは止まらない。

下帯を取ると、はじけるように魔羅があらわれ、小夜の小鼻を先端がたたいた。

「あんっ……」

屈辱を覚えつつも、小夜は甘い声を洩らしていた。

濃厚な牡の匂いが美貌を包んでくる。

「どうじゃ」

「えっ」

「わしの魔羅はどうじゃ、と聞いておるのだ、小夜」

耀蔵の魔羅は見事な反り返りを見せていた。鎌首《かまくび》は太く、劣情の静脈が瘤《こぶ》のように浮きあがっている。

「ああ……大きくて……たくましいです……」

「それだけか」

「はあっ、見ているだけで……」

「見ているだけで、なんだ」

耀蔵が鋼《はがね》の魔羅で、ぴたぴたと小夜の頬をたたきはじめる。

「あ、ああ……御前様……」

屈辱と同時に、躰がぞくぞくしてくる。つらいのに、躰の芯《しん》が疼いてくる。

きっと、耀蔵から圧倒的な力を感じるからだと思った。おなごは牡の力に弱い。

小夜は唇を開くと、舌をのぞかせた。そして、ぴたぴたと頬を張りつづけている魔羅にからめていく。

すると耀蔵がいきなり、ずぶりと小夜の唇に魔羅を突っこんできた。

「う、うぐぐ……うう……」

今度は、口に圧倒的な力を感じた。一気に喉まで塞《ふさ》がれ、むせつつも、小夜は反射的にそれを吸いはじめた。

魔羅を口に突っこまれたら、それを吸うのがおなごの務めだと本能が告げていた。

耀蔵自ら腰を前後に動かす。ずぶずぶと小夜の唇を反り返った胴体が出入りする。胴体が唾まみれになっていく。

「う、うう、うう……」

小夜はむせつつも、懸命に吸う。頭がくらくらしてくる。

「おう、よい顔だ。気に入ったぞ、小夜」

ずどんっ、と耀蔵が喉まで突き、そしていきなり射精してきた。

「う、うぐ、ううっ」

凄《すさ》まじい勢いで噴射して、小夜は思わず吐きそうになった。だが、懸命に耐えた。御前様の精汁を吐いたら、命はないと直感が訴えていた。

口の中で、耀蔵の魔羅が脈動している。止《と》め処《ど》なく、精汁が噴出されている。

小夜の口の中は、精汁だらけになる。大量すぎて、唇の端から精汁がにじみはじめている。

だめだ。こぼしてはだめだ。御前様に対して、これ以上失礼があってはだめだ。

魔羅の脈動がやっと収まった。小夜は口にためたまま、じゅるっと吸っていく。

と同時に、唇の端から流れていく精汁を小指で拭う。

「おうっ、よいぞ、小夜」

うなりつつ、耀蔵が腰をくねらせる。

耀蔵の魔羅は大量の精汁を出したにもかかわらず、太かった。

懸命に吸っていると、耀蔵が魔羅を抜いた。唇からどろりと精汁があふれた。

あっ、と小夜は手のひらで唇から垂れていく精汁を受け止める。

そして、耀蔵と井筒屋が見ている前で、ごくりと口にたまっていた精汁を嚥下《えんか》した。大量すぎて一度では飲みほせず、もう一度、ごくんと白い喉を上下させた。

そして、手のひらに垂れた精汁を、桃色の舌でぺろりと舐め取っていく。最後

に小指をちゅっと吸うと、

「精汁を出していただき……ありがとうございました……」

仁王立《におうだ》ちのままの耀蔵の魔羅に向かって、小夜は頭を下げた。

「味はどうじゃ」

「おいしゅうございました」

「そうか。酒をこぼしたことはこれで帳消しだ」

ありがとうございます、と小夜は下帯を取り、耀蔵の腰につけていく。そして着物の帯を結ぶと、膳の用意をしてまいります、と言って、座敷より下がった。

六

女将がいなくなると、井筒屋時次郎は切餅《きりもち》をふたつ、さし出した。

切餅ひとつが二十五両。合わせて五十両を、南町奉行は菓子でも受け取るような手つきで懐《ふところ》に入れた。

「例の件はもうしばらく待つがよい」

「はいっ。よろしくお願いいたします」

時次郎は頭を下げるしかない。

失礼します、と膳が運ばれてくる。普通は仲居が運ぶのだが、女将の小夜自らが運んできた。そして、上座にでんと座っている耀蔵の前に置く。

またも躰が震える。耀蔵が値踏みするような目で小夜の躰を見ているからだ。その目にはまったく遠慮というものがなかった。ほかに仲居もいたが、まったく構うことなく、小夜の小袖姿を見ていた。

小袖の裾《すそ》からのぞく、ふくらはぎの白さがいつも以上に眩《まぶ》しく見えた。


「ところで、井筒屋」

「はい。なんでしょうか」

海の幸に舌鼓《したつづみ》を打っていた。緊張しすぎて、時次郎はまったく味がわからずにいるが、耀蔵はとても旨《うま》そうに食していた。それで充分である。

「両国広小路《りょうごくひろこうじ》の水茶屋の小夏《こなつ》という茶汲《ちゃく》み娘を知っているか」

「はい。存じております」

小夏は今、茶汲み娘としては江戸で一番有名であった。奢侈禁止の世で、茶屋もさして繁盛《はんじょう》していなかったが、小夏がいる信濃屋《しなのや》だけは小夏めあてで繁盛していた。

「江戸一番のようであるな」

「はい。よくご存じでいらっしゃいますな。さすが、御前様。江戸市中のことはどんなことでも頭に入っていらっしゃる」

ふむ、と耀蔵は鷹揚にうなずく。人によっては歯の浮くような世辞であっても、耀蔵は当然のように受け止める。

「井筒屋、そなたも毎回切餅は大変であろう」

「いや、そのようなことは……ああ、私どものことを、御前様がそこまで考えていただいているとは……」

「水野様の改革に賛同していれば、おのずと実入りは減るよのう」

「は、はい……」

「次は切餅がわりに、小夏と小夜じゃ」

と、耀蔵が言った。

「小夏と……小夜で、ございますか」

「そうだ。安いものだろう。それで幕府御用達の金看板が手に入るのだから」

そう言って、鯛《たい》の焼物を口へと運ぶ。

「旨いな」

小夏と小夜。切餅の代わり。小夏と小夜。切餅の代わり。

時次郎の頭を、ずっとこの言葉がまわっていた。

「ただ、おなごを用意してもつまらぬぞ、井筒屋。おなごを買う金などいくらでもあるのだ」

「はい……」

「井筒屋ならではの趣向を期待しているぞ」

そう言うと、耀蔵が徳利を手にする。女将が出ていってからは、手酌でよい、と耀蔵は言っていた。おなごはそばに寄ってもよいが、男の酌などいらぬ、と時次郎の酌を断っていた。

徳利から酒が出てこない。空だ。

時次郎はすぐさま、ぱんぱんと手をたたく。するとすぐに襖《ふすま》が開き、小夜が、なんでしょうか、と聞いてくる。

「酒を」

と、時次郎が言う。はい、と小夜が下がろうとすると、

「酒が来るまで、おまえの露《つゆ》で我慢しよう」

と、耀蔵が言った。

「わ、私の、つ、露で、ございますか……」

またも、小夜の美貌から血の気が引く。それを耀蔵は鷹のような目でにらみつけている。

にらんでいるが、怒っているのではない、と時次郎はわかってきた。

むしろ、にらんでおなごが躰を震わせるのを楽しんでいるのだ。

「お酒を」

小夜はうしろに向かって、そう言う。はい、と控えていた仲居が返事をする。

小夜は襖を閉めると、上座へと向かった。失礼します、と耀蔵の隣に座る。

「なにをしている。露であるぞ」

小夜が泣きそうな顔で時次郎を見る。時次郎は心の中で、女陰《ほと》を出してくれ、と手を合わせる。

きっと時次郎は小夜以上に困窮した顔をしていたのだろう。

「あ、あの、唾では……」

震える声で、小夜がそう言った。

「ほう、わしに意見する気か」

鳥居耀蔵がぎろりと小夜をにらんだ。

「いいえっ。申し訳ありませんでしたっ」

小夜は叫び、立ちあがる。そして、小袖の裾をたくしあげはじめる。

それを見て、

「そのようなまねは御前様に失礼だぞっ、小夜っ」

と、時次郎が言う。

えっ、と小夜が裾を膝までたくしあげたところで、時次郎を見やる。

「脱ぐんだ。ぜんぶ脱いで、露を御前様に飲んでいただくのだ」

「ぜ、ぜんぶ……ぬ、脱ぐ……」

小夜の美貌が強張る。

「裸にならなくてもよい。それは次回の楽しみにしておこう」

「じ、次回……」

小夜が今にも倒れそうになる。

耀蔵が小袖の裾をつかみ、ぐっとたくしあげた。絖白《ぬめじろ》い太腿《ふともも》があらわれ、腰巻があらわれる。

「腰巻を取れ。それでよい」

「はやく、脱ぐのだっ、小夜っ。御前様がご慈悲をくださっているのだぞっ」

慈悲もなにもない。女陰を出して、露を飲ませるのは女将の仕事ではないのだが、なぜか耀蔵が女将に慈悲を与えている形になっている。

「ありがとうございます、御前様」

小夜は礼を言い、自らの手で腰巻をはずす。

すると小夜の恥部があらわになった。濃いめの茂みが恥丘を飾っている。

時次郎も生唾を飲みこんだ。この料亭は時次郎自身贔屓《ひいき》にしていて、女将の小夜の美貌に惚《ほ》れていたのだ。その小夜の下の毛を目にすることになるとは。

「開け」

と、耀蔵が言う。人に命じなれている男の口調だ。それゆえ、命じられたものは反発することなく、つい従ってしまう。

はい、と小夜はうなずき、白い指を濃いめの恥毛に埋めていく。そして、割れ目をくつろげていった。

漆黒の中から桃色の、おなごの粘膜がのぞきはじめる。

時次郎は思わず身を乗り出した。だが、すぐに時次郎の視界から桃色の粘膜は消えた。耀蔵がしゃぶりついたからだ。

「あっ……御前様っ」

耀蔵はうんうんうなりながら、小夜の女陰を舐めている。露が出ていたかどうか定かではなかった。

「露が少ないぞ、小夜」

顔を引き、耀蔵がそう言う。小夜は割れ目をくつろげたままだ。確かに、桃色の粘膜は乾いていた。

「出すんだっ、小夜っ。御前様に舐めていただけるのだぞっ。出すんだっ」

「は、はい……でも……」

「おさねをいじるのだ、小夜」

恥部を前にして、耀蔵がそう言う。はい、と小夜は返事をして、割れ目をくつろげていた右手でおさねに触れる。左手は小袖の裾をたくしあげたままだ。

割れ目が閉じていく。桃色の粘膜が見えなくなる。

小夜は震える指でおさねをいじるものの、感じてはいない。緊張が大きすぎるのだろう。

「どうした、小夜。わしの前では感じないか」

「そ、そのようなことは……ありません」

小夜は泣きそうな顔で、懸命におさねをいじる。

「女陰を見せてみろ」

と、耀蔵が言い、小夜はおさねから指を引くと、あらためて割れ目を開く。

「ほう、濡れてきているではないか」

確かに、しっとりと露がにじみ出てきていた。

このような恥辱まみれの状況であっても、おなごというのは、濡らすものなのか。それとも、小夜にはこうした恥辱を快感に変えられる癖でもあるのか。

いずれにしても、露が出てきて、時次郎はほっとしていた。

「もっと露が欲しいな」

そう言うと、耀蔵が手を伸ばした。おさねを無骨な指でいじる。すると、にわかに、小夜が甘い喘《あえ》ぎを洩らしはじめたのだ。

「あっ、ああ、あんっ」

「さ、小夜……」

これには時次郎も驚いた。

耀蔵がおさねをいじりつづける。すると、桃色の粘膜がしっとりと潤っていく。露がどんどんにじみ出ているのだ。

ている。

「あ、ああ……恥ずかしいです……御前様」

小夜が剝き出しの足をくなくなさせはじめる。絖白い太腿と太腿をすり合わせている。

「よい匂いがしてきたぞ、小夜」

耀蔵が小夜の恥部に顔を埋めていった。

「ああっ、御前様っ」

小夜の恥部から、じゅるじゅるじゅると蜜を啜《すす》る音が聞こえてくる。

「お酒、お持ちいたしました」

襖の向こうから仲居の声がした。

「待て」

と、時次郎は声をかける。

耀蔵は女将の露を啜りつづけている。小夜の美貌はいつの間にか、朱色に染まっていた。

「ああ、ああ……ああ……」

小夜の甘い声だけが座敷に流れている。時次郎は勃起させていた。痛いくらい大きくなっていた。

耀蔵が顔をあげた。

「いかがでしょうか」

「旨いぞ、井筒屋」

「そうですか。ありがとうございます」

とまた、礼を言っていた。

耀蔵がまた、小夜の股間に顔を埋める。

「ああ、ああっ」

小夜の下半身ががくがくと震えはじめる。

「あ、ああ……ああ……」

小夜の声音《こわね》が切羽《せっぱ》つまったものになっていく。

もしかして、気をやるのか。座敷で客に露を吸われて、気をやるというのか。

「ああ、ああっ……う、うう……い、いく」

と、小夜がいまわの声をあげ、がくがくと下半身を痙攣《けいれん》させた。だが、なおも耀蔵は舐めつづける。

「あ、ああっ、あああっ……いやいや……いやいやっ……ああ、ああっ」

小夜が膝を折り、崩れていく。それでも耀蔵は小夜の恥部に顔を埋めている。

「あ、ああ、また、また……い、いく……」

と叫び、小夜は白目を剝いた。

それでも、耀蔵はまだ小夜の股間から顔をあげなかった。じゅるじゅると露を啜りつづける。

時次郎はまたも、耀蔵に圧倒されていた。おなごに対する異常な執着に、恐れおののいていた。

気を失ったまま、小夜の躰がひくひく動いている。もしや気を失ったまま、いったのかもしれない。

ようやく、耀蔵が顔をあげた。

こちらを見る。口のまわりが露でぬらぬらだった。

「気をやった直後の露が、いちばん旨いのだ」

そう言って、顔を歪《ゆが》めた。

笑っているのだと気づき、時次郎はひいっと息を呑んだ。

第二章　水茶屋の看板娘

一

定町廻《じょうまちまわ》り同心の倉田彦三郎は町廻りのお勤めに出ていた。日本橋の往来を歩いている。

今朝、奉行所に出仕すると、奉行の鳥居耀蔵に呼び出された。

「先日、きらびやかな着物の娘を滑方重吾が吟味《ぎんみ》していたところ、おまえが邪魔をしたそうだな」

鷹《たか》のような鋭い眼光で彦三郎をにらみつつ、耀蔵がそう言った。

「邪魔はしておりません」

滑方が鳥居耀蔵に密告したのかと思ったが、違っていた。

「徒目付《かちめつけ》より報告があったのだ」

あの場に徒目付がいたというのか。鳥居耀蔵の前職は目付であった。矢部定謙《やべさだのり》を奸計《かんけい》により失脚させて、鳥居耀蔵が南町奉行の地位に就《つ》いたのだ。

「どうも、こたびのことだけではなく、お触れ違反をしている者の目こぼしをしているようであるな、倉田」

さらに、耀蔵がにらみつけてくる。誰もが震えあがる眼光だ。彦三郎も震えあがった。

「そのようなことはいたしておりませんっ。老中水野忠邦様のお触れに従い、市中取り締まりに励んでおりますっ」

そう言って、彦三郎は畳に額をこすりつけた。

「休んでもよいのだぞ、倉田」

「いいえっ。励みますっ」

完全に、鳥居耀蔵に目をつけられてしまった。定町廻りをはずされるかもしれない。となると、鳥居耀蔵が南町奉行の間は閑職《かんしょく》に追いやられることになる。

いや同心でいられるかどうかも怪しくなる。鳥居耀蔵は老中水野忠邦とつながっているのだ。一介の同心の首などどうにでもなるだろう。

「いやはや……」

急に首すじが寒くなり、彦三郎は肩をすくめる。すると、

「あっ、倉田様」

と、おなごから声をかけられた。質素な身なりの娘であったが、どこか見覚えがあった。

「美奈でございます」

正面に立ち、娘がそう言った。

「ああ、美奈さんか……いや、驚いたな。逆の意味で見違えた」

先日はきらびやかな小袖《こそで》姿であったが、目の前に立つ美奈は、質素な木綿《もめん》の小袖だった。櫛《くし》の類《たぐい》はなにも挿《さ》していない。どこぞの仲居かというういでたちであった。

だが、生来の品のよさは伝わってくる。なにより、目を引く美貌《びぼう》は同じだ。

扇屋は大奥御用達《ごようたし》の呉服屋であった。その娘ゆえ、育ちがいい。

「お礼をしに、八丁堀のお役宅にうかがおうと思っていたのです」

「いや、そのようなことはしなくてよいぞ、美奈さん」

「でも……私はもちろん、父の気もすみません」

どうやら、あのことを扇屋の主人に話したようだ。

「しかし、役宅に礼に来られると、ちとまずいのだ」

ただでさえ奉行に目をつけられているのだ。助けた娘が役宅に礼をしに来たなどという話が鳥居耀蔵の耳に入ったら、首が危ない。

「まずい……どうしてでしょうか」

美奈が小首を傾《かし》げる。その様子がまた、たまらない。

「そうだな」

と、まわりを見まわす。すると、甘味処が目に入った。

「あそこで礼をいただこう」

そう言うと、甘味処に足を向けた。


二階の個室に入り、美奈と向かい合った。

定町廻りのお勤めの途中で、おなごと甘味処の個室に入るのはどうかと思ったが、はやく礼をもらっておかないと、扇屋の主人とともに役宅に来かねない、とあせったのだ。

「汁粉をいただこう。それが礼がわりだ」

と、彦三郎は言った。

美奈はきょとんとした顔をしている。

「お、お汁粉、ですか……」

「そうだ。それでよい」

「でも……」

「それでよいのだ、美奈さん」

わかりました、と注文を聞きに来た小女《こおんな》に、美奈が一番高い汁粉をふたつ注文した。

「甘いのがお好きなのですか」

「そうだな。あまり酒は強くなくてな。甘いほうが好きなのだ」

そう言うと、美奈がうふふと笑い、ごめんなさい、と謝る。

やはり質素な小袖姿でも、匂うような品のよさを感じる。なにより笑顔が透明感にあふれている。

こうして向かい合っているだけで、鳥居耀蔵ににらまれて、すさんだ心が洗われるようだ。

だが、なにを話してよいのかまったくわからない。沈黙が続く。

なにか話さなければ、とあせればあせるほど、なにも浮かんでこない。

「私の父もお酒はあまり強くありません」

「そうか」

また、沈黙となる。なにか話さねば、とひねり出そうとしていると、失礼します、と小女の声とともに襖《ふすま》が開いた。

汁粉を置き、出ていく。お椀《わん》を取ると、甘い薫《かお》りがしてくる。

さっそく、食しはじめる。

「おいしいです」

「そうであるな」

美奈の笑顔に、彦三郎は和《なご》んでいた。

二

岡っ引きの剛造《ごうぞう》は両国広小路にいた。

いろんな店が並び、それなりに人を集めていたが、ひときわ男たちが集まっている店があった。

「いらっしゃいませっ」

娘の声が聞こえてくる。近寄ると、なんとも愛くるしい娘が客を迎えていた。信濃屋の茶汲《ちゃく》み娘の小夏である。信と書かれた前掛けが似合っている。花が咲き誇っているような笑顔で、江戸市中の男たちを魅了していた。

剛造も店に入った。ほかの茶汲み娘が近寄ってくるが、剛造は手を払った。しばらく待たされたあと、いらっしゃいませ、と小夏が注文を取りにやってきた。

そばで見ると、またいい。肌の肌理《きめ》も細かく、触り心地もよさそうだ。前掛けを押しあげている胸もとも、かなりのものと見た。

「茶を一杯、もらおうか。それに団子《だんご》を二本くれ」

「ありがとうございます」

とびきりの笑顔を見せて、奥へと向かう。

恐らく生娘《きむすめ》だろう。あの愛らしい顔が、どんなふうに歪《ゆが》み、そしてどんなふうにとろけていくのか、想像するだけでも褌《ふんどし》の下の魔羅《まら》が疼《うず》いた。

日暮れとともに、茶屋は閉じる。水野忠邦のお触れのこともあり、両国広小路の店じまいははやかった。

剛造は信濃屋の裏手でずっと張っていた。次々と茶汲み娘たちが出てくる。

最後に小夏が出てきた。両国橋《りょうごくばし》を渡っていく。どうやら住まいは橋向こうのようだ。

数人、小夏を尾《つ》けている男たちがいた。気配でわかる。みな、一心に小夏のうしろ姿を見つめて歩いているのだ。

両国橋を渡りきったところで、ひとりの男が小夏に迫った。声をかけると、小夏が振り向く。やや引きつっていたが、すぐに笑顔になる。茶屋の客だ。一言二言話して、男が小夏になにか渡している。

それをとびきりの笑顔で受け取っている。

そして、頭を下げると踵《きびす》を返す。男は名残惜《なごりお》しそうに、小夏のうしろ姿を見送っている。その男のわきを別の男が通りすぎる。

小夏は一本道を歩いている。男が駆け寄り、声をかけた。振り向いた小夏が笑顔になる。さきほどより、うれしそうに見えた。

また一言二言話して、男が小さな箱を渡す。今回は、小夏がその場で箱の蓋《ふた》を開いた。笑顔が華やぐ。簪《かんざし》だった。しかも、見るからに高価なきらびやかなものであった。

それを見て、剛造の目がぎらりと光った。

「挿せ。挿せ、小夏」

と、離れた場所から念じる。

男が簪を手にした。小夏の頭に挿そうとする。小夏が胸の前で小さく手を振っている。

「挿せ。挿すんだっ」

剛造の念が通じたのか、男が小夏の髷《まげ》に簪を挿した。男が懐《ふところ》から手鏡を出して、小夏に向ける。

「用意がいいじゃないか、色男」

剛造はにやにやと眺めている。手鏡を見た小夏が満面の笑みを浮かべる。確かに似合っていた。見ているこちらも気分が華やぐ。

幕府の財政は逼迫《ひっぱく》しているのだろうが、水野忠邦の改革はちとやりすぎだと思う。やはり着飾ったおなごを見て、にやけることも大事だ。

男と小夏は手を振り合い、離れた。恐らくあの客が、小夏のお気に入りなのだろう。もらった簪はつけたまま、歩きはじめる。

剛造はすうっと小夏に近寄った。

「ちょっと、いいかい」

白いうなじに声をかける。

小夏の躰《からだ》がぴくっと動いた。立ち止まり、振り返る。剛造を見て、あら、という表情になる。

「あなた様は、さきほどいらっしゃいましたよね」

「そうだ。こんなしけた面《つら》を覚えていてくれたか」

「もちろんです」

いかつい面相だから覚えていたのか。それとも、すべての客の顔を覚えているから人気があるのか。

「そいつはうれしいなあ。が、ちょっと野暮なことを聞かせてもらうぜ、小夏さん」

剛造が懐から十手《じって》を出すと、小夏の笑顔がみるみると強張《こわば》る。

この瞬間がいつもたまらない。

剛造は定町廻り同心の滑方重吾より十手を預かっていた。剛造は、もとは町のごろつきだった。何度か滑方に世話になっているうちにあくどさを買われ、十手を預かるようになっていた。

しょっぴかれるほうから、しょっぴくほうにまわったわけだ。

元ごろつきにとって、十手は伝家の宝刀となる。剛造はなにかと十手を出して相手を威嚇《いかく》していた。

それが美形のおなごとなると、十手を見せたときの表情がよけいそそる。今も魔羅を硬くさせていた。

「その簪はいったいどういうことだい」

たった今、挿したばかりの簪に目を向けた。

「あっ、こ、これは……」

「ちょっと御免よ」

と言って、小夏の髷から簪を引き抜く。

「かなり高価なものじゃないか。それに派手だ。小夏さん、あんた、お上《かみ》に逆らうつもりかい」

「そ、そんなっ……逆らうだなんてっ……」

「じゃあ、どうして、こんな高価な簪をつけて歩いているんだい」

「そ、それは……」

小夏の愛らしい顔が真っ青になっている。足もぶるぶる震えている。

「今、奢侈《しゃし》禁止令が出ているのを知らないのかい」

「知っています……」

「じゃあ、これはなんだ」

簪の先端で、小夏の優美な頬《ほお》をなぞりはじめる。

「い、今、お客さんからいただいたものなんです……たった今、挿したばかりなんです」

「客からもらったものかい」

「そうですっ」

小夏がすがるような目を向ける。この岡っ引きが見逃してくれるのでは、と一縷《いちる》の望みが瞳に宿っている。

「どうして、断らなかった」

「えっ……」

「ご老中様のお触れがあるから受け取れません、とどうして断らなかったんだ」

「そ、それは……」

「ちょっと番屋で話を聞こうか、小夏」

いきなり呼び捨てにする。

「そ、それは、どうか……おゆるしくださいませ……ほんのわずかの時間、挿しただけなんですっ」

小夏が哀訴《あいそ》の目を向けてくる。美形ゆえに、股間にびんびんくる。

たまらねえ。

今、十手持ちの剛造が、この人気茶汲み娘の運命を握っているのだ。これから牢屋《ろうや》に入れられてしまうのか、それとも放免されるのか、すべて剛造の腹ひとつなのだ。

「そうか。客からもらって、ちょっと挿しただけなんだな」

「そうですっ。わかってくださいますかっ」

「あっしは、剛造というんだよ」

「剛造様っ、わかってくださいますよねっ」

すかさず、様づけで呼んでくる。小夏自身も岡っ引きの気持ちひとつでどうにでもなる、と思っているのだ。

「わからないでもないがな」

「剛造様っ」

小夏が涙をにじませた瞳で、じっと剛造を見つめてくる。今の小夏には、剛造しかいない。剛造がすべてである。それを確かめたい。

剛造は小夏のあごを摘《つ》まんだ。

えっ、という表情を浮かべる。ここは往来であった。わずかだが、通りを歩いている者がいる。そんな往来の真ん中で、剛造は堂々と小夏のあごを摘まんでいた。

口吸いをするぞ、という合図だ。いいのかい、と目で問う。

無理強《じ》いはしない。そんな手荒なまねをする必要もないのだ。

かなり日が暮れてきた。小夏の強張った美貌が白く浮きあがっている。おちょぼ口が赤い。

剛造は小夏の唇を奪った。小夏はひいっと顔を引いたが、すぐに唇を委《ゆだ》ねてきた。

剛造はやわらかな唇を舌先で突く。開けと促していた。だが、小夏はぐっと唇を閉じている。唇はゆるすが、舌はゆるさないということか。

生娘であろうか。恐らくそうであろう。

魔羅を女陰《ほと》で受け入れたことのないおなごの清廉《せいれん》さが、小夏の全身からにじんでいる。それが小夏を人気者にさせているのだ。

江戸は圧倒的におなごが少ない。美形のおなごとなると数えるほどだ。だから、男はおなご知らずが多い。みながみな、岡場所でおなごを買うわけではない。もちろん剛造は買いまくっていたが、すでに飽きていた。

やはり、小夏のような初心《うぶ》な素人《しろうと》の生娘がそそる。

閉じた唇をしつこく突いていたが、小夏は剛造の舌を受け入れようとしなかった。

「番屋で話を聞こう」

口を引くと、剛造は懐から縄を取り出した。

「手を背中にまわせ」

「えっ……」

「逃げられたら困るからな。うしろ手に縛って、しょっぴくぞ」

「お待ちくださいませっ」

と叫ぶなり、小夏のほうから唇を重ねてきた。すぐさま唇を開き、ぬらりと舌を入れてくる。

剛造はすさかず小夏の舌におのが舌をからめようとする。すると、小夏が舌を引こうとする。口を合わせたまま見ると、愛らしい顔が泣き顔になっている。懸命に耐えて、口吸いをしているのだ。

ぞくぞくする。たまらん。これこそ、十手持ちの醍醐味《だいごみ》である。十手を預かっても、小遣《こづか》い程度のおあししか滑方様からはいただけない。

こんな余禄《よろく》があるから続けていけるのだ。

「どうやら、縄をかけられたいようだな」

そう言うと、剛造は小夏の背後にまわった。そして、両腕をぐっと引く。あっ、と小夏がよろめく。

往来にはちらほらと町人たちの姿が見えたが、みな、かかわり合いになるのを避けるように、いそいそとわきを歩いている。

なによりも、右手に持ったままの十手が物を言っている。しかも、いかにもごろつきあがりの風貌である。からまれるとろくなことにはならないと、みな知っているのだ。

小夏のほっそりとした手首を重ね合わせ、縄を当てていく。いきなりは縛らない。当てただけだ。

すると小夏が振り返り、唇を開いて、愛らしい顔を寄せてきた。桃色の舌を出し、唇を重ねてくる。

剛造は待ってましたとばかりに、江戸一番の茶汲み娘の舌におのが舌をからめる。ぴちゃぴちゃと唾《つば》をはじく音がする。

「うんっ、うっんっ」

お互い貪《むさぼ》るような口吸いとなる。小夏の唾は甘かった。舌がとろけるようだ。

やはり、素人娘は違う。甘い中に、清廉さを感じる。

「小夏、いつもこうして男を誑《たぶら》かしているのか」

「えっ……ち、違いますっ」

「口吸いくらいで、ご老中様のお触れに逆らった罪は消えないぞ」

えっ、と小夏の愛らしい顔が歪む。

剛造は小夏の鳩尾《みぞおち》に重い握りこぶしを埋めこんだ。

「ぐえっ」

ひと突きで、小夏が倒れてくる。

剛造はしっかりと抱き止め、あぶらぎった顔を小夏の頬にこすりつけた。

三

「ほう。これが、小夏かい」

へい、と剛造はうなずく。

「愛らしい寝顔じゃないか」

「そうですね」

「おまえ、なにもしていないだろうな」

「もちろんです。大事な商品に手なんか出しません」

剛造は浅草《あさくさ》の裏手にある奥山《おくやま》の根城に小夏を運んでいた。本所《ほんじょ》の往来からしばらく小夏を運び、途中、駕籠《かご》を見つけると、それに乗せて運ばせた。駕籠かきには十手を見せつけ、そして酒手をはずんでいた。口止め料である。

そこに剛造の親分である、定町廻り同心滑方重吾が顔を見せていた。

行灯《あんどん》の明かりを受けて、小夏だけ浮かびあがっている。

「乳を見てみるか」

そう言うと、滑方が小袖の合わせ目をつかみ、ぐっと引き剝《は》いだ。

「うんっ……」

と、小夏がうめく。まだ眠ったままだ。

肌襦袢《はだジュバン》の胸もとが高く盛りあがっている。

「乳、期待できそうだな」

と言い、肌襦袢もぐっと肩から引き下げた。

するとと、ぷりっと張った乳房があらわれた。

「ほう」

滑方と剛造は同時にうなった。

小夏の乳房は見事なお椀形であった。若さがつまっているふくらみである。乳首は乳輪に眠っている。

滑方はいきなり小夏の乳房に顔を埋《うず》めていった。乳輪ごと、乳首を吸う。ずるっ、ずるっ、と音を立てて、吸っていく。

すると小夏が、うう、とつらそうな表情を見せる。もうすぐ目を覚ましそうだ。剛造は股間を疼かせ、目を覚ます瞬間を待つ。

滑方が右のふくらみから顔を引きあげた。乳輪が唾まみれになっている。乳首は眠ったままだ。

「躰の感じようは、今ひとつかな」

そう言うと、左の乳房に顔を埋める。またも、ずるっ、ずるっと音を立てて乳輪ごと吸っていく。と同時に、右の乳首を掘り起こすように、指先で突きはじめる。

「う、うう……」

小夏がつらそうにかぶりを振る。眉間《みけん》の縦皺《たてじわ》が深くなる。

そして、目を開いた。

一瞬、ここがどこかわからないような表情を見せる。そして剛造に気づき、ひいっと息を呑《の》む。乳房が剝《む》き出しにされ、そこに知らない男が顔を埋めて乳輪を吸っていることに気づき、

「いやっ」

と叫んだ。

小夏が叫んでも、滑方は左の乳輪を吸いつづけ、右の乳首を突きつづける。

「だ、誰ですかっ……ああ、乳を吸わないでくださいっ……ああ、いやいやっ、助けてっ、剛造様っ、助けてくださいっ」

小夏が剛造に救いの目を向けてくる。鳩尾に握りこぶしを食らわせ、そして見知らぬ場所に運んだ男に、助けを求めていた。

たまらないぜ。

剛造は一気に勃起させていた。剛造に救いを求めるしかない小夏の心情を思い、興奮していた。

「剛造様っ、助けてくださいっ」

小夏は叫びつづける。小夏はうしろ手に縛られた躰をよじらせる。だが、起きあがることは無理だ。両足首にも縄が巻かれているからだ。

しかも、滑方が上手《じょうず》に重みをかけている。

「おまえ、小夏に様づけで呼ばせているのか」

乳房から顔をあげ、滑方が聞く。口のまわりが唾だらけだ。

「へい。すいません、旦那《だんな》」

「小夏、おまえは生娘か」

と、滑方が小夏に問う。滑方は黒羽織姿であった。同心であることをまったく隠そうとはしていない。

「は、はい……」

「そうか。生娘であるなら、簪の件は見逃してやろう」

「見逃していただけるのですか……」

滑方を見あげる小夏の瞳に期待が浮かぶ。

「ただ、乳首を勃《た》ててくれないと困るんだ」

そう言って、滑方が指先で乳首を突く。

「う、うう……」

痛みが走ったのか、それとも屈辱ゆえか、小夏が愛らしい顔を歪める。

「おまえはとある御方《おかた》に処女花を散らされることになる。それはよいか」

「な、なにを、おっしゃっているのか……わかりません」

小夏の瞳から期待の光が消える。

剛造の魔羅が褌の下でひくひく動いた。すでに、先走りの汁が鈴口《すずぐち》から出ていた。

「恐らく、処女花を散らせば、おまえには興味がなくなるだろう。だから、一度だけだ」

「い、一度だけ……」

「そうだ。それで、牢に入らなくてよい。美形に生まれ、しかも生娘でよかったな、小夏」

そう言って、滑方が笑う。とても町方とは思えない、ごろつきのような笑顔だ。

その笑顔を見て、剛造は滑方様に一生お仕えしたい、と思う。

「ただ、やはり人形を抱いてもつまらないものだ。ある程度、手応えがないとな」

そう言うと、再び滑方が小夏の左の乳房に顔を埋める。そして、舌先で乳輪に埋まったままの乳首を掘り起こすようにする。

「あっ……」

と、小夏が声をあげる。

ほう、感じはじめたのか、と剛造は目を光らせる。小夏自身も戸惑っているように見える。

ずずずっ、ずずずっ、と滑方がしつこく吸いつづける。

すると、舐《な》めていない右の乳首が芽吹きはじめたのだ。

滑方はとにかくしつこい。剛造があきれるくらい、ひたすらおなごの一点を責めていく。今は乳首だ。

「はあ……ああ……」

小夏がかすれた声を洩《も》らしはじめる。剝き出しにされている上半身の肌から、甘い汗の匂いが立ちのぼりはじめる。

ようやく滑方が左の乳房から顔をあげた。乳輪に埋まっていた乳首が、つんととがりきって、ふるふる震えている。

「よい具合に、乳首が勃ってきたな」

もしれない。

「そうですね」

小夏は助けてと叫ばない。なんせ、黒羽織姿の旦那が、おのれの姿を偽《いつわ》ることなく、小夏を貶《おとし》めているのだ。ここで抗《あらが》うことは、死につながると判断したのかもしれない。

それは正しい。なかなか利口な娘だ。

「人形ではないようだ。生娘かどうか調べるか」

そう言うと、滑方自らが小袖の裾《すそ》をたくしあげていく。

ふくらはぎがあらわれ、膝小僧《ひざこぞう》があらわれ、そして太腿《ふともも》があらわになっていく。

小夏は鎖骨《さこつ》まで朱色に染めつつ、じっと耐えている。

そうだ。賢いぞ、小夏。

鷹に狙《ねら》われた小娘はじっと耐えるしかないのだ。抗えば、命を落とす。

腰巻を、滑方がむしり取った。

「あっ……ご覧にならないでくださいっ」

さすがに、小夏が叫ぶ。

「ほう、毛が生えておらぬな」

無毛だった。すうっと通った秘溝が露骨にあらわになっている。

その花唇はしっかりと閉じている。見るからに、生娘だと思われた。

「生娘のようだな」

と、滑方が言い、そうですね、と剛造は答える。

「毛は剃《そ》っておるのか、小夏」

「いいえ……生えないのです」

蚊《か》の鳴くような声で答える。

「そうか。生娘かどうか、中を見せてもらうぞ。よいか」

よいもなにもないだろう。だが、滑方はわざわざ聞いている。

「どうだ。よいか」

小夏は泣きそうな顔で滑方を見つめている。

「どうなのだ、小夏」

「ご、ご覧になって、確かめてください……」

と、小夏が言った。

「そうか」

では、と滑方がぴっちりと閉じたままの花唇に触れる。それだけで、小夏がぴくっと下半身を震わせる。その震えが止まらなくなる。

滑方が割れ目をくつろげていく。

「はあ、ああ……」

小夏が羞恥《しゅうち》の息を洩らすなか、桃色の粘膜があらわれた。

「おうっ、これはっ」

滑方と剛造が同時にうなった。小夏は、いやですっ、と叫んでいる。

まさに、穢《けが》れを知らぬ花びら。こうして見ているだけでも穢してしまいそうなほど、清廉な佇《たたず》まいを見せている。

「これは真《まこと》に生娘だな。しかし、美しい。こうして見ているだけでも、荒《すさ》んだ心が洗われるようだ」

「そうですね。洗われるようです」

桃色の花びらを見ていると、剛造はこれを穢してはならないように思えてくる。

「しかし、きれいだ」

滑方が顔を寄せていく。

「あ、ああ……お武家様……ああ、ご覧にならないでください」

「さきほど、見て確かめろ、と言ったのは、おまえだぞ」

「は、はい……」

そう言わせているだけだ。

いきなり、滑方が無垢《むく》な花びらに鼻をこすりつけていった。

「いやっ……ああ、おやめくださいっ」

小夏がすがるような目を剛造に向けてくる。手下の剛造はなにもできないとわかっていても、救いの目を向けてしまうのだ。そんな小夏の心を思うと、さらなる先走りの汁が出てしまう。

「う、うんっ、ううっん」

滑方はひたすらうなりつつ、小夏の花びらの匂いをじか嗅《か》ぎしている。

やっと顔をあげた。

「匂いもよいぞ。これは、御前様は手放さないかもしれないな」

「て、手放さないというのは……」

小夏の愛らしい顔が再び強張る。

「処女膜を破っただけでは飽きないということだな。飼いたいとおっしゃるかもしれない」

「か、かう……かうって……な、なにをですか」

小夏の声が震える。

「おまえに決まっているだろう。御前様の牝《めす》として一生暮らすのだ。ありがたいことであるぞ」

「いやっ」

と、小夏は叫び、うしろ手、足首縛りの躰を起こそうとする。だが、抗うだけ無駄だった。しかも、うしろ手の縄は抗えば抗うほど手首に縄が食いこむようになっていた。剛造がごろつき時代に取得した縛り芸だ。

「帰してくださいっ。おねがいしますっ」

小夏がぼろぼろと涙を流し、訴えてくる。

「牢屋に行きたいのか、小夏」

「ああっ、少しだけ、簪を挿しただけなんですっ」

「ほう、反省していないようだな。水野様のお触れに不満のようだな」

と、滑方が怒ったふりをする。

「違いますっ。誤解ですっ」

小夏が懸命に訴える。

「吟味して、牢屋送りにするかな」

「そうですね」

滑方が起きあがり、あごをしゃくる。剛造は猿轡《さるぐつわ》を用意すると、それを手際よく小夏に噛《か》ませていく。

「う、うぐ、うぐぐ」

小夏が涙で潤《うる》んだ瞳で、助けてください、と哀願してくる。口を覆《おお》っているため、よけい美しい瞳がそそる。

たまらねえ。

剛造は思わず、猿轡を噛ませた小夏のあごをなぞる。

「立ちな」

「うう、うぐぐっ、ううっ」

なにをするんですかっ、と目で問うてくる。

「番屋に行くんだよ。吟味して牢送りだ。よくて、墨を入れて所払いだな。もしかしたら、遠島かもしれねえ」

剛造はにやにやしつつ、清廉な花びらを持つ生娘を脅す。

墨を入れると聞いて、小夏が白目を剝いた。

「起きろ」

と、ぱしっと平手を見舞う。すると、小夏が目を開く。

「この白い肌に墨が入ることになるぞ」

小袖からのぞく肌理の細かい肌をなぞりつつ、剛造がそう言った。するとまた、小夏は気を失った。

四

「どうだい」

「あっ、金《きん》の字《じ》」

「しけた面《つら》しているじゃないかい」

「そりゃあそうさ。お触れが出て、さっぱりさ」

金の字と呼ばれた遊び人は奥山にいた。浅草の裏手、いかがわしい店の並ぶ界隈《かいわい》だが、水野忠邦のお触れ以降、どこより取り締まりの標的にされて、いかがわしさがなくなっていた。そうなると、この界隈の魅力はなくなり、日暮れになっても人通りはわずかであった。

遊び人は浅草を通り抜け、足早に両国広小路に向かう。

ここは奥山とは違って、それなりににぎわってはいたが、水野忠邦のお触れが出る前とは活気がまったく違っていた。

そんな中でもいつもにぎわっている茶屋があったが、今日はひと気がなかった。

どうしたのであろう、と遊び人は信濃屋に向かう。

「いらっしゃいませっ」

と、前掛けをした茶汲み娘が笑顔を向けてくる。早苗《さなえ》である。遊び人は小夏とともに贔屓《ひいき》にしていた。小夏ほどではないが、愛嬌《あいきょう》があって人気があった。

「小夏さんは、いないのかい」

床几《しょうぎ》に腰かけ、遊び人は娘に問う。

「今日はお休みなんです」

「そうなのかい。珍しいな」

「黙って休むなんてはじめてで、旦那さん、看板娘が出ないと困ると、若い者を本所の裏長屋に走らせたんですけど」

そこで早苗が、注文はなににしますか、と目で問うてきた。

「茶と串団子《くしだんご》をふたつもらおうか」

ありがとうございます、と笑顔を見せるなり、早苗がすうっと顔を寄せてきた。

そして遊び人の耳もとで、

「帰ってないそうなんです」

と、息を吹きかけるようにして、そう言った。

ぞくりとして遊び人は早苗を見る。顔が近い。

「帰ってない……」

「はい。でも、小夏ちゃん、男はいないと思うんですよ」

「そうか。変だな」

「あっ、金さん、なんかその顔、町方のお役人さんみたい」

と言って、ころころと笑う。

「そうかい。あっしが役人だったら、奢侈禁止令なんて野暮なお触れは出さないぜ」

「そうですよね。金さんがお役人になればいいのに」

そう言って、早苗は注文を通しに奥へと向かう。その途中で、客から声がかかる。小夏がいないと、早苗が店一番の人気娘となる。

金さんと呼ばれた遊び人は、そもそも役人であった。

北町《きたまち》奉行、遠山景元《とおやまかげもと》。通称、金四郎《きんしろう》だった。月番ではない月には、こうして遊び人に変装して、江戸市中の様子をこの目で見ていた。

信濃屋は市中見まわりの折りに、よく寄る茶屋であった。小夏と早苗を贔屓にしていたが、今、江戸一番の人気茶汲み娘が家に帰らず、店にも出ていないとなると心配であった。

天保年間に入り、全国的な飢饉《ききん》に見舞われたうえ、貨幣経済の発達により、幕府財政は逼迫してきた。この事態を乗り越えるためには、改革が必要であることに異論はない。

だが、ちとやりすぎではないのか。江戸の町から活気がなくなっては元も子もない。

「お待たせしました。はい。お茶に、お団子」

早苗が金四郎にお茶を渡し、団子が乗った皿を膝の上に置いた。

ありがとう、と金四郎はさっそく団子を頬張った。

倉田彦三郎は夕刻、定町廻りのお勤めを終えると、結衣の道場へと足を向けた。

今日は、源太の姿はなかった。道場にふたりきりである。

竹刀《しない》を手に向かい合って立つと、結衣がいきなり稽古着《けいこぎ》の諸肌《もろはだ》を脱いだ。

「結衣どのっ、なにをっ」

さらしに巻かれた胸もとがあらわになる。

「もう、倉田様の気が乱れています」

「そ、それは……結衣どのがいきなり大胆なことをするから……」

「肩と二の腕を出しただけです。乳をあらわにしているわけではありません」

「しかし……」

確かに、乳房はさらしで覆われている。だが、結衣の乳房は豊満すぎて、白いふくらみの上部がはみ出てしまっていた。

このはみ出るという眺めに、彦三郎は惑ってしまう。

結衣が諸肌脱ぎのまま、たあっ、と間合いをつめてきた。

両腕をあげて、面っ、と攻めてくる。そのとき、腋《わき》のくぼみがのぞき、和毛《にこげ》があらわれ、さらしからはみ出たふくらみが揺れた。

彦三郎はあちこちに気を散らしていた。かろうじて、結衣の面をはじき返していた。防戦一方である。

結衣がさっと離れた。

「倉田様は、おなごの刺客をさし向ければ、すぐに討ち取ることができます」

「そうかもしれぬ」

「おなごに慣れることです」

「しかし、どうすればよいのだ。吉原に行く気はないのだ。その気があれば、とっくに行っている」

そう言うと、今度は彦三郎から間合いをつめていく。たあっ、と大上段から振り下ろす。すると、それを受けるために、結衣も大きく両腕をあげた。

腋のくぼみが大胆にあらわれる。と同時に、さらしから乳房の頂点がはみ出た。乳首がのぞき、彦三郎ははっとなる。

竹刀を振り下ろす前に、胴っ、とお腹を打たれた。

あっ、と彦三郎はよろめき、結衣のほうに倒れていく。そのまま、結衣を押し倒していった。

顔と顔が迫る。結衣はじっと透明感あふれる瞳で見あげてくる。

すぐそばに、荒い息を吐く結衣の唇がある。

このまま口吸いをすれば、結衣どのとまぐわえば……結衣どのとなら、まぐわいたい。はじめてのおなごは結衣どののようなおなごがよい。いや、結衣どののようなではなく、結衣どのがよい。

「私は師範代として、倉田様にはもっとお強くなってほしいのです」

目をそらさず、結衣がそう言う。甘い息を感じた。

「どうすれば、強くなれますか」

「おなごを、知ることです」

「では師範代として、指南してくれませんか、結衣どの」

「し、指南……」

結衣の視線が乱れた。

「強くなりたいのです。指南してほしい、結衣どの」

結衣とまぐわいたい一心で、そう言いつづける。

「それは無理です」

「なにゆえですか」

「だって……」

結衣の頰が赤らんでいく。そして、視線をそらし、

「だって、私もおとこ知らずですから」

と言った。

「結衣どの……」

大胆に乳房をさらし、今も右の乳首をさらしからのぞかせたままでいるゆえ、

結衣はすでに男を知っているものだとばかり思っていた。違うのか。

「それゆえ、指南することはできません」

結衣どのもおとこ知らず。結衣どのもおとこを知らない。生娘だ、と思った刹那《せつな》、彦三郎は結衣の唇に、おのが口を押しつけていた。

唇と口が重なった刹那、結衣がはっと美貌を引こうとした。だが、畳に後頭部を乗せているため、引けない。

彦三郎は強く口を押しつけていく。結衣は堅く唇を閉ざしたまま、それを受けている。

想像していたような口吸いではなかった。甘いものではなく、ひたすら唇と口を押しつけているなんとも無骨なものであった。

だが、それでも彦三郎は幸せを感じていた。結衣の唇はやわらかい。唇を重ねているだけで、ぞくぞくしてくる。

なにより、瞳を閉ざし、唇を受けている美貌に躰が震える。美しかった。間近で見る結衣の肌は肌理が細かく、透明感にあふれていた。

唇と口を重ねるだけの野暮な口吸いが続いていたが、変化が起こった。

結衣のほうから唇を開き、舌をのぞかせてきたのだ。口を突かれ、すぐさま開くと、ぬらりと結衣の舌が入ってきた。

結衣どのっ、と心の中で叫びつつ、彦三郎は舌をからめていく。

結衣もそれに応《こた》え、ぴちゃぴちゃと唾の音を立てるような濃厚な口吸いへと移行する。

甘かった。結衣の唾はなんとも言えぬ甘さがあった。

さらに昂《たかぶ》った彦三郎は考えるより先に、さらしに巻かれた乳房をつかんでいた。すでに右の乳首は出ていて、それを手のひらで押しつぶしていく。すると、

「ううっ……うんっ」

と、甘い息が吹きこまれた。

まさか、俺のような男の乳揉《ちちも》みに感じているのか、結衣どの。

彦三郎はさらに昂り、右のふくらみを強く揉んでいく。するとさらに、

「ううっ、うんっ、ううっ」

と、甘い息を吹きこみつつ、結衣がつらそうな表情を浮かべる。

息が苦しいのかと思い、彦三郎は口を引く。

すると、はあっ、と息を吸い、

「口吸いも、はじめてですか」

と、結衣が問うた。

「もちろん、はじめてです。結衣どのもそうですよねっ」

さらしごしに乳房をつかんだまま、彦三郎は問うた。当然、はい、という返事があると思ったが、違っていた。

五

結衣が視線をそらした。

「はじめての口吸いではないのですかっ」

思わず、声を大きくしてしまう。ふたりだけの道場に、やけに大きく響いた。

「はい……国許《くにもと》にいるとき……一度だけ、口吸いを……」

「そうですか」

これほどの美貌で、これほどの透明感なのだ。国許で好き同士の相手がいても不思議ではない。さっきまでは、そもそも結衣はおとこ知らずではない、と思っていたのではないか。おとこ知らずと聞いて喜び、今、口吸いの経験はあると聞いて悋気《りんき》を覚えていた。

そうだ。これは悋気だ。

国許にいる相手に、心を乱されていた。

「ごめんなさい……」

と、結衣が謝る。

「謝る必要などありませんっ」

そう言うなり、彦三郎は結衣の胸もとに顔を埋めていった。さらしごと、ぐりぐりと顔面を押しつけていく。

「あ、ああ……倉田様……ひ、彦三郎様……」

名前で呼ばれ、彦三郎は昂る。思えば、彦三郎を名で呼んだおなごは、母上以外では、はじめてのような気がした。

口に乳首を感じた。彦三郎はそのまま乳首を口に含むと、じゅるっと吸っていた。考えて取った行動ではなかった。勝手に、口がそう動いていたのだ。

これは牡《おす》の本能だと思った。乳房があれば顔を埋め、乳首があれば、それを吸う。

もっと牡になるのだ。牡になることで殻《から》が破れる気がした。

彦三郎は顔をあげた。そして、胸もとのさらしに手をかける。

彦三郎を見あげた結衣の表情が変わる。いつもの、やさしいだけの彦三郎とは違うことに気づいたはずだ。

そう。牡になるのだっ。

と、胸もとのさらしを引き剝いでいく。

「あっ……」

たわわなふくらみがすべてあらわれた。見事なお椀形の乳房である。

若さゆえか、仰向《あおむ》けになっていても、お椀の形は崩れていない。右の乳首だけが、つんととがっている。左の乳首はまだ乳輪に眠っていた。

「きれいな乳だ、結衣どの」

「ああ、彦三郎様」

結衣は彦三郎を見あげたままだ。瞳は閉じない。じっと見あげている。

いつもは凜《りん》としている眼差《まなざ》しが、今は妖《あや》しく絖《ぬめ》りはじめている。その目だけでも暴発しそうだ。

彦三郎はお椀形の乳房をつかんでいった。彦三郎の手は大きかったが、結衣の乳房はもっと大きかった。五本の指を左の乳房に食いこませていく。

「あ、ああ……ああ……はじめてです……」

「えっ」

口吸いはふたりめだと言ったではないか。

「乳を……揉まれるのは、生まれて、はじめてです」

「国許の御方とは」

と、思わず聞いてしまう。

「口吸いだけでした。乳は……ああ、はじめてです、彦三郎様」

うれしかった。この乳に指を食いこませたのは、彦三郎がはじめてなのだ。

頭にかぁっと血が昇り、こねるように揉んでいく。すると、結衣が美貌を歪ませ、痛い、とつぶやく。

「すまない、結衣どの。つい……」

「よいのです……彦三郎様のお好きに……結衣の乳、彦三郎様のお好きになさってください」

しっかりと彦三郎を見あげ、結衣がそう言う。

ああ、なんておなごなのだっ。

「結衣どのっ」

名を呼び、もう片方の手で右の乳房もつかむ。こちらは乳首がとがりきってい

て、それを手のひらで押しつぶす形となる。すると、

「あんっ」

と、結衣の唇から甘い声がこぼれた。

俺の乳揉みに、結衣どのが感じているのか。

彦三郎は息を荒くさせて、ふたつのふくらみを揉みしだいていく。

右の手のひらだけではなく、左の手のひらにも乳首を感じはじめていた。揉まれているうちに、乳輪から芽吹き出したのだ。

しかし、なんという揉み心地なのか。やわらかいのだが、ただやわらかいだけではない。揉みこむと、はじき返してくるのだ。そこをまた揉みこむのがたまらない。

だが、乳だけでは飽き足らなくなる。あそこを……結衣どののあそこを、ぜひこの目で見てみたい。

彦三郎は乳房から手を引いた。白いふくらみのあちこちに、彦三郎の指の痕《あと》が浮かびあがっている。

「ああ、強く揉みすぎましたか」

「いいえ……そのようなことは、ありません」

答える結衣の声が甘くかすれている。左右の乳首とも、つんとしこりきっていた。

「女陰を……結衣どのの女陰が見たいです」

と、正直に言う。おなご知らずと告げているのだ。なにも見栄を張ることはない。

「ああ……そのようなところ……ご覧にならなくても」

「女陰を見なければ、色に惑ってしまいます。女陰を見て、女陰などたいしたものではない、とわかれば、色に惑わず、戦うことができます」

「ああ……剣のためなのですね」

「そうです。剣のためです」

「わかりました……お好きになさってください」

彦三郎はうなずき、袴《はかま》の結び目を解《ほど》き、結衣の腰から脱がせていった。

「おうっ、こ、これは」

股間を目にして驚いた。

思わぬもので、股間を隠されていたからだ。腰巻ではなかった。下帯《したおび》を極小にしたようなものであった。

それが、おなごの割れ目だけをきわどく覆っていたのだ。だから、おなごの部分はまだ見えてはいない。見えてはいなかったが、なんともそそる眺めであった。

「ああ、おなご下帯というものです……ああ、はじめてご覧になりましたか」

「も、もちろん、はじめてです。このようなおなごの下帯がこの世にあることさえ知りませんでした」

思わず、彦三郎は手を伸ばしていた。そして、おんなの縦すじだけを隠している極細の布をそっと押す。

すると偶然、おさねに触れたのか、

「はあっんっ」

と、なんとも甘い声をあげて、結衣が下半身をぐっとせりあげてきたのだ。

「ああ、結衣どのっ」

彦三郎はさらに、布ごしにおさねを押していく。

「あっ、はあんっ、あんっ」

結衣が甘い声をあげて、せりあげた腰をくねらせる。

彦三郎は右手でおさねを突きつつ、左手の指で布を押していった。すると、割れ目にめりこんでいく。

「ああ……彦三郎様……」

妖しい銚りを帯びた瞳で、結衣が見あげてくる。

「おなごの下帯、取らせてもらいます」

彦三郎はおなごの下帯に手をかけると、結衣の股間から引き剝いでいった。

結衣の恥部があらわれた。

恥毛は薄く、ひと握りの陰りがあるだけであった。すうっと通った割れ目のわきには、和毛が生えているだけだ。それゆえ、結衣の割れ目をはっきりと見ることができていた。

彦三郎はその割れ目に指を添えた。

すると、結衣の躰が震えはじめる。思えば、結衣もおとこ知らずなのだ。生まれてはじめて女陰を男の目にさらすのだ。気丈《きじょう》な結衣とはいえ、恥ずかしすぎるだろう。

だが結衣のそんな気持ちを思い、女陰を見ることをやめようとは思わない。この割れ目を開けば、目にすることができるのだ。

「開きますぞ、結衣どの」

「はい……」

結衣が瞳を閉じた。と同時に、彦三郎は割れ目を開いていく。

女陰があらわれた。

「こ、これは……なんとっ」

「ああ、いかがなされましたかっ、彦三郎様っ」

「いや、これは……」

「ああ、醜いものなのですねっ」

「ち、違いますっ……これは、この世のものではありませんっ。この世のものではないような美しさなのですっ」

あらわになった結衣の花びらは、鮮やかな桃色であった。まったく穢れを知らないおなごの粘膜である。奥に小指の先ほどの入口がのぞいている。そこにはうっすらと膜が張っていた。

まさに、これが生娘の女陰だ。いや、女陰の入口と言ったほうがよいのか。結衣をおなごたらしめているものは、あの薄い膜の奥にあるのだ。

見たい。あの膜の奥も見たい。だが見るとなると、処女膜を破らなければならない。

処女膜を破る。俺の魔羅で……。

彦三郎の魔羅は当然ながら、鋼《はがね》のように勃起していた。下帯が苦しいほどだ。

「あ、ああ……も、もう……よろしいでしょう、彦三郎様」

「いや、まだです。まだ匂いを嗅いでいません」

「に、匂い……」

結衣が戸惑いの表情を見せたが、彦三郎は牡の本能のまま、あらわにさせた処女の花びらに顔を寄せていく。

「あ、ああ、なりません……」

かすかに甘い薫りが花びらから立ちのぼっている。

彦三郎はぐりぐりと鼻を花びらにこすりつけていった。

「ああっ、な、なにをなさるのですかっ、彦三郎様っ」

ずっとされるがままに任せていた結衣が、腰を動かそうとした。彦三郎の鼻から逃げようとする。

すると、彦三郎はがっちりと結衣のほっそりとした腰をつかみ、動きを封じていた。考えるより先に、手がそう動いていた。

そして顔をわずかにあげると、今度は口を花びらに押しつけていったのだ。舌を出し、ぺろぺろと舐めはじめる。

「ああっ、彦三郎様っ、おやめくださいっ……ああ、なにをっ」

結衣が大声をあげるが、逃げようとする動きは止まっていた。しかも、花びらにじわっと蜜がにじみ出してきたのだ。

こ、これは……蜜……結衣どのの、女陰の蜜……しかも、処女の泉だっ。

彦三郎はさらに昂り、ぺろぺろ、ぺろぺろと清廉な花びらを舐めていく。彦三郎の舌で穢していく。

「ああ、彦三郎様っ……これ以上はっ……なりません」

結衣がまた、逃げようとしはじめる。

そろそろ、舐めるのをやめたほうがよい、と思うのだが、顔を引くことができずにいる。なにより、結衣の蜜が美味だった。しかも舐めているうちに、蜜の味が濃くなってきていた。

「結衣様っ、遅くなりましたっ」

いきなり、源太の声がした。

その声に、不覚にも彦三郎は固まってしまった。結衣も息を呑んでいる。

「あっ、結衣様っ。おのれっ、結衣様になにをするっ」

どたどたと足音を立てて、源太が迫ってきた。

それでもなお、彦三郎は結衣の股間から顔をあげることができなかった。

「おのれっ」

源太の声がする。

「倉田様ですっ、源太さんっ」

と、結衣が叫ぶ。えっ、と源太の驚きの声がする。

ようやく、彦三郎は結衣の花びらから顔をあげた。

と同時に、そばに立つ源太の目にも、結衣の無垢な花びらが映った。

「こ、これは……まさか、結衣様の……結衣様の……ほ、女陰……」

源太ががくがくと下半身を震わせるなか、結衣の割れ目が自然と閉じていった。

彦三郎と源太の視界から、魅惑の花びらが消えた。

すると、源太が我に返った。

結衣は、はだけられた稽古着の前を合わせている。

「あ、ああ……これは、あの……すいやせんっ。お邪魔でしたよね」

そう言うと、源太がふたりから離れていく。

「待って、源太さんっ。稽古をはじめましょうっ」

すでに結衣は袴をつけ、稽古着の帯を結ぶと竹刀を手にしていた。

「しかし……」

源太は困惑の表情を浮かべる。

彦三郎の足下に、白いさらしと深紅のおなごの下帯が落ちていた。

それを彦三郎は拾った。

「さあ、稽古しましょう、源太さん」

結衣はいつもの凜とした表情に戻っていた。だが今、結衣は稽古着しか身につけていない。

乳だけでなく、割れ目も稽古着の下で剝き出しなのだ。

それでいて、凜とした目で源太を見つめている。その落差に、彦三郎は昂る。

清潔感あふれる生娘でありつつ、一枚取れば、下には感度よしの白い躰がある。

「さあ、来なさい、源太さん」

「へ、へいっ」

たあっ、と源太が突っかかっていく。面っ、と打たれた竹刀を、結衣が両腕をあげてはじき返す。

そのとき、あっ、と唇が開く。稽古着に乳首がこすれたのだ。今日は、前以上に、ふたつの乳首がとがりきっている。しかも、処女の花びらは蜜をにじませているのだ。

胴、小手っ、と源太が次々とくり出していく。

「あ、あんっ……あんっ」

結衣は防戦一方となる。凜としていた眼差しが、ねっとりとしたものに変わっていく。

「胴っ」

と、源太が突き出した竹刀の先端を、結衣がぎりぎり突きあげる。だが、そのまま竹刀の先端が、結衣の胸もとに当たっていった。

「あんっ」

稽古着の上からちょうど乳首を突いたかっこうになったのか、凜は稽古着一枚の躰を硬直させると、気をやったような表情を見せた。

「結衣どの……」

彦三郎は大量の先走りの汁を出し、下帯を汚していた。

第三章　女体盛りとわかめ酒

一

日本橋の料亭、花村。

奥の離れの上座に座る南町奉行、鳥居耀蔵は機嫌が悪かった。

隣に仲居が座り、酌《しゃく》をしていたが、女将《おかみ》の小夜ではなかった。耀蔵は鷹《たか》を思わせる鋭い目で、下座に控える呉服問屋の井筒屋をにらみつけている。

信濃屋の小夏も姿を見せない。いったいどういうことだ。

「例の件、やめても構わぬのだぞ」

と、耀蔵が言う。すると、井筒屋がぱんと手をたたいた。

はい、と返事があり、襖《ふすま》が大きく開いた。

畳一枚を、ふたりの男が運びこんできた。

「ほう」

耀蔵は目を見張った。

畳の上に、裸のおなごが仰向《あおむ》けになっていた。おなごは深紅の目隠しをしていたが、乳房も下腹の陰りもなにもかも剝《む》き出しであった。

おなごは両腕を顔の横にあげていた。二の腕の内側や腋《わき》の下に、刺身が飾ってあった。乳房にも、お腹にも、へそにも、そして太腿《ふともも》にも新鮮な刺身が飾ってある。

裸のおなごは小夜であった。小袖《こそで》の上から想像していたより、さらにそそる見事な躰《からだ》をしていた。

乳は豊満で、ぷりっと実っている。お腹は平らで、太腿にはあぶらが乗り切っている。

下腹の陰りはすでに、目にしていたが、こうして裸体に剝いて眺めると、黒々した茂みがとても卑猥《ひわい》に見えていた。

男たちが去り、仲居が去る。耀蔵、時次郎、そして小夜の三人だけとなる。

「目隠しをお取りください、御前様」

と、時次郎が言う。

「いや、まだだ」

そう言うと、耀蔵は箸《はし》をつかみ、二の腕に乗っている白身を摘《つ》まむ。

ぴくっと小夜の二の腕が動く。醬油《しょうゆ》はつけずに、そのまま口へと運ぶ。そして腋のくぼみに飾られた赤身を摘まみ、これまた醬油なしに運んでいく。

腋の下はわずかに汗ばんでいるのか、塩味が利いていた。

「旨《うま》いぞ」

左右の腋の下に乗った刺身を食べると、顔を腋のくぼみに寄せて、ぺろりと和毛《にこげ》ごと舐《な》める。すると、

「あっ」

と、小夜の唇が動いた。目隠ししているだけに、唇がよけい目立って見えている。

耀蔵は顔をあげると、箸を乳房に向けていく。すでに乳首はつんととがっていた。裸に剝かれ、店の板前に刺身を飾られる気分はどういったものなのか。

乳首を勃《た》たせているところを見ると、感じているのか。思えば、小夜の剝き出しの肌から、なんとも言えぬ甘い体臭が立ちのぼっている。

女陰《ほと》はからからではないはずだ。そうだ。露《つゆ》をつけて食してみるか。いや、そ

の前に乳首を、と耀蔵は箸を乳首に寄せていく。

気配を感じるのか、乳首がさらにぷくっと充血していく。

それを見て、

「さすが御前様ですね。遊びの達人でいらっしゃる。手前どもなどは、すぐに目隠しを取ってしまいます」

と、井筒屋が言う。まんざら、おべんちゃらでもないようだ。

耀蔵は乳首のわきに飾られた白身を摘まみ、口に運ぶ。旨い。不思議なものだ。おなごの肌の上に飾っているだけなのに、いつも以上に美味に感じる。

乳首のまわりの刺身を摘まんでいると、さらに乳首が勃ってきた。はやく、乳首も摘まんでください、と告げている。

耀蔵は箸の先で、乳輪をなぞる。すると、

「はあっ……」

と、小夜が火の息を洩《も》らし、くなくなと下半身をくねらせる。

乳首だけでなく、女陰も疼《うず》いているようだ。この美形の女将の白い躰の中には、被虐を好む血が流れているのかもしれない。

おなごによっては、こうして辱《はずかし》めを受けることで感じてしまう者がいるのだ。

女体盛りなど恥辱以外のなにものでもないだろうが、それで女陰を濡らすのだ。この年になっても、おなごの躰だけはわからぬものだ。だが、そこがよい。どんなにすました娘でも、剝いてみないとわからない。この毛の奥は、のぞいてみないとわからないのだ。

耀蔵は箸で乳首を摘まんだ。

「あっ、うんっ」

小夜の裸体がぶるっと震えた。目隠ししているゆえに、半開きとなった唇がいつも以上に卑猥に見える。

耀蔵は右の乳首を箸で摘まみつづける。すると、

「はあっ、あんっ……やんっ、あんっ」

と、甘い声をあげつつ、白い裸体をくねらせつづける。

肌全体に赤みがさしてきた。体臭が濃くなっている。

ちらりと井筒屋を見る。食い入るような目で小夜を見ている。井筒屋は小夜に惚《ほ》れているようであった。小夜めあてで花村を贔屓《ひいき》にしていたのかもしれない。好いたおなごを、幕府御用達《ごようたし》の金看板欲しさに、耀蔵に進呈している。だからよけい、興奮するのだろうか。

耀蔵は乳首から箸を引くと、下半身に目を向ける。

目隠しされているため、小夜には耀蔵の視線の動きがわからない。次はどこを責められるのかわからない。

黒々とした茂みを箸ですうっとなぞった。

「あっ……」

小夜の裸体がぴくっと動いた。

耀蔵は茂みに箸を入れると、的確におさねを摘まんだ。強めにひねる。

「あうっ、うんっ」

刺身で飾られた小夜の裸体がぐっと反った。

さらにおさねをひねると、あうっ、と声をあげつつ海老《えび》反《ぞ》りになる。

「さ、小夜さん……」

井筒屋が前のめりになっている。

「井筒屋、おまえも食せ」

「手前は……」

と、時次郎がかぶりを振る。

「女体盛りは躰の熱ですぐに刺身が傷むのだ。すぐに食べないと味が落ちる」

では、ありがたくちょうだいいたします、と言って、時次郎がにじり寄ってくる。箸を手にすると、へそに置かれた白身を取る。そしていきなり口へは運ばず、あらわなままの腋のくぼみにちょんと乗せ、汗を塗《まぶ》してから口へと持っていく。

「どうじゃ」

「ああ、なんとも言えない味です。ああ、舌ではなく、股間にきますね」

「そうだな」

耀蔵はおさねをひねりつづけている。小夜の裸体全体が汗ばんでくる。

時次郎は乳房からも赤身を取り、今度は乳房の谷間ににじんだ汗をつけて食べていく。

耀蔵は茂みを梳《す》き分けると、割れ目を開いた。

黒々とした茂みの奥で、真っ赤に充血したおなごの粘膜が蠢《うごめ》いている。

「好き者だな、小夜」

「ああ、御前様……」

「女陰がぐしょぐしょだ」

「ああ、このような躰で……ああ、申し訳、ありません……」

小夜が女陰を濡らしていること謝る。

「そのようなことはないぞ、小夜。こうして、味わうことができる」

太腿に飾られた白身を摘まむと、あらわにさせたままの女陰に白身をつけていく。たっぷりの露を塗すと、口に運ぶ。

「いかがでしょうか」

と、時次郎が聞く。

「珍味だな。井筒屋、おまえも食するがよい」

ありがとうございます、と井筒屋は遠慮することなく、小夜の下半身ににじり寄る。耀蔵の手でひろげられたままの女陰をのぞきこみ、ほう、とうなる。そして太腿に飾られた赤身を箸で摘まむと耀蔵をまねて、露が浮いた女陰に浸していった。

そして、嬉々《きき》とした顔で口に運んでいく。

「あ、ああ……女陰を……食しているような感じがしますね」

「そうだな」

そのあと、耀蔵と時次郎は女陰の露で刺身をふた切れずつ食べた。

二

「酒だ」

と、耀蔵が言うと、時次郎がぱんっと手をたたいた。

すると、はいっ、と返事があり、仲居が徳利《とくり》を乗せたお盆を手に入ってきた。

ちらりと女体盛りの女将を見やる。

「わかめ酒だ」

と、耀蔵が言い、はい、と仲居が女将の腰の横に正座をした。失礼します、と小夜に向かって言い、濃いめの茂みに指を入れる。

「開く前に、目隠しを取るのだ」

耀蔵が仲居に向かって、そう言った。私がですか、と仲居が困惑の表情を見せたが、やりなさい、と時次郎に促され、はい、と茂みから指を引くと、小夜の胸もとの横へと移動した。

そして、すみません、と謝りつつ、小夜の目隠しを取っていく。

ずっと隠れていた目もとがあらわになった。

小夜は目を閉じていた。仲居はすぐに、腰の横へと下がる。

「目を開け、小夜」

と、耀蔵が言う。小夜は小さくかぶりを振る。みるみると美貌《びぼう》が真っ赤になっていく。顔だけでない。鎖骨《さこつ》まで羞恥《しゅうち》の色に染まっていく。

「目を開くのだ、小夜」

と言って、耀蔵が茂みに指を入れ、おさねを摘まむと、ぎゅっとひねった。

「あうっ、うう……」

小夜の裸体ががくがくと痙攣《けいれん》する。

「ああ、女将さん……」

仲居が目を見張る。

小夜が瞳を開いた。おうっ、と時次郎がうなる。

小夜の瞳は妖《あや》しい絖《ぬめ》りを湛《たた》えていた。とろんとして、宙を見つめている。

「よい目だ。わかめ酒をいただこう」

と、耀蔵が言い、はい、と仲居があらためて指先を女将の茂みに入れる。すると、はあっ、と小夜が火のため息を洩らす。

仲居のほうが緊張している。震える指で割れ目を開くと、真っ赤に燃えた女陰があらわれる。

「あ、赤い、です……」

思わず仲居がそう言う。

「喜んでいるのだ」

「よ、喜ぶ……」

「そうだ。この世には、女体盛りになって女陰を濡らすおなごがいるのだ。おなごの躰は不思議よのう」

と、耀蔵が言う。その目は、妖しく蠢いている小夜の肉襞《ひだ》の群れに向いている。

「足を合わせてください」

と、仲居が言い、小夜がわずかに開いていた太腿と太腿をしっかりと合わせる。

すると、仲居が剝き出しの女陰にお猪口《ちょこ》を傾ける。

上物《じょうもの》の下り酒が女陰に流れていく。すぐにあふれ出し、濃いめの恥毛を濡らし、蠱《こ》惑《わく》の三角恥帯にあふれてくる。

耀蔵が顔を寄せていく。そして、恥毛に浸った下り酒をじゅるっと啜《すす》っていく。

「ああ……」

小夜がかすれた声をあげる。

耀蔵はじゅるじゅると音を立てて、三角恥帯の下り酒を啜っていく。そして、女陰に舌を入れていく。

おなごの穴にたまっている下り酒を猫のようにぴちゃぴちゃと舐めはじめる。

「はあ、ああ……あんっ……やんっ……」

舌の音と小夜の甘い喘《あえ》ぎが、料理屋の離れに流れている。

時次郎がもぞもぞと腰を動かしはじめる。仲居もはあっと熱いため息を洩らしはじめている。

耀蔵は女陰の中の下り酒を啜りつつ、おさねを摘まんだ。こりこりところがしていく。

「あっ、ああっ、御前様っ」

小夜ががくがくと腰を動かす。

「井筒屋、乳を揉《も》むのだ。下り酒にもっと蜜を混ぜたいのだ」

はいっ、と時次郎がたわわに実っている汗ばんだ乳房に手を伸ばす。むんずとつかみ、こねるように揉んでいく。

「あ、ああっ……はあっ、ああ……」

小夜の裸体があぶら汗まみれとなっていく。甘い体臭がむっとあたりに漂っていく。

「ああ、味が変わってきたぞ。ああ、よいとろみが加わった」

顔をあげ、もっと注げ、と耀蔵が仲居に命じる。はい、と仲居が徳利をあらわな女陰に傾ける。またも、どくどくと注がれる。

「はあっ、ああ……熱い……女陰が、ああ、女陰が酔っています、御前様」

小夜が妖しく光らせた瞳で、耀蔵を見つめる。

耀蔵は鋼《はがね》のように勃起させていた。この中に魔羅《まら》を入れるか、と思い、立ちあがった。

「なにをしている。御前様の帯を解《ほど》いてさしあげるんだっ」

時次郎がそう言い、仲居があわてて耀蔵の帯に手を伸ばし、解いていく。前がはだけ、下帯《したおび》があらわれる。

仲居はどうしたらいいのか、と困惑の表情を浮かべている。

「下帯も取ってさしあげるんだっ。気が利かぬ仲居だな」

「すみませんっ」

あわてて下帯にも手を伸ばし、股間から脱がせた。すると、はじけるように勃起した魔羅があらわれた。

間近に目にして、ひいっと仲居が息を呑《の》む。

耀蔵は仲居をわきにやり、女体盛りのまま仰向けになっている小夜の太腿をつかみ、ぐっと開いた。

漆黒《しっこく》の草叢《くさむら》の奥に、真っ赤に燃えたおなごの粘膜が息づいている。

「ああ、熱い女陰を……ああ、その御魔羅で……ああ、お慰めくださいませ、御前様」

小夜が見事に反り返る魔羅をうっとりとした目で見あげつつ欲しがる。

時次郎が驚きの目で女将を見やる。魔羅を欲しがるような言葉を吐け、とは言い聞かせていなかったからだ。小夜が自ら進んで口にした言葉だ。

うむ、と耀蔵はうなずき、開いた割れ目に野太い鎌首《かまくび》を押しつけていく。

「ああ、御前様」

鎌首を割れ目に感じただけで、小夜が下半身を震わせる。期待への震えだ。

「入れるぞ」

そう言うと、ずぶりと突き刺していった。

「あ、ああっ」

ぐぐっと、耀蔵は一気に小夜の女陰を貫いた。女体盛りと清酒で、燃えに燃えた肉の襞が、ねっとりとからみつき、すぐさま締めあげてくる。

「おう、これは上物だ」

耀蔵はうなりつつ、ずどんっと子宮《こつぼ》を突く。

「あうっ……うん」

小夜は軽く気をやったような表情を見せた。

耀蔵が子宮を突きつつ、上体を倒していく。汗ばんだ乳房を着物ごしに胸板で押しつぶし、顔を寄せていく。

すると、小夜が半開きの唇から舌を出してきた。それを見て耀蔵も舌を出す。

井筒屋と仲居が見ている前で、ねちょねちょと舌と舌をからめる。すると、さらに女陰が締まる。

「う、うう……よいぞ、小夜。蜜も締まり具合も上等だ」

「ああ、御前様……」

小夜が絖白い太腿をあげていく。そして白い足で、天下の南町奉行の腰を挟んでいく。

「おうっ、これは……たまらん」

耀蔵がうなる。おさねに股間をぶつけるようにして、小夜の女陰を突いていく。

「あ、ああっ……ああっ、御前様っ」

耀蔵は上体を起こすと、小夜の女陰から魔羅を引き抜いた。

「あっ……」

ねっとりと蜜が糸を引く。もちろん、耀蔵の魔羅は先端からつけ根まで蜜まみれであった。

「よし。よい女体盛りであったぞ」

と言うなり、耀蔵はお膳の前にあぐらをかいた。

いきなりはしごをはずされた形の小夜は、御前様、と見あげる。

「下げてよろしいのでしょうか」

と、時次郎が訝《いぶか》しげに聞く。

「構わぬぞ」

と言い、空いた徳利をあげる。それを見て、仲居が空になった徳利をお盆に乗せて、出ていった。

代わって、店の男たちが失礼しますと入ってきた。躰を火照《ほて》らせたままの小夜が、ひぃっ、と息を呑む。

「御前様っ」

どうして、とどめを刺してくださらないのか、という目を向けてくる。

そんな小夜の目を見て、耀蔵の魔羅がひくつく。依然と天を衝《つ》いたままでいる。

男たちはあぶら汗まみれの女将の裸体を淫《みだ》らな目で見つめる。

「御前様っ、御魔羅をっ、ああ、御魔羅をっ」

と、小夜が叫ぶ。

「さっさと下げろ」

と、耀蔵は手を振る。蜜の味も女陰の感触も味わい、もう小夜から興味がなくなっていた。次の趣向の女体に興味が移っていた。井筒屋のことだ。必ず、小夏を用意しているはずだ。万が一、用意していなかったら、御用達の話はなしにするつもりでいた。

男たちが小夜の裸体を乗せた畳を持ちあげる。そして、座敷から出ていった。

代わって仲居があらたな徳利を持ってくる。酌をしようとしたが、

「もう、よいぞ。酌をするおなごは別にいるからな」

と言って、耀蔵は井筒屋をぎろりと見やった。にらんでいるわけではないが、なぜか耀蔵が目を向けるだけで、たいていの者が息を呑む。

井筒屋は耀蔵の鷹の眼差《まなざ》しに慣れているはずなのに、見やるだけで躰を震わせ

ている。御用達にするには、ちと肝《きも》が足りぬか、とも思う。

仲居が下がると、時次郎とふたりだけとなる。だが座敷の中は、小夜の匂いでむせんばかりのままだ。中に出してもらえなかった小夜の心残りが、残り香となっているようだ。

「御前様、小夜の女陰、お気に召しませんでしたか」

時次郎が心配そうに聞いてくる。

「いや、極上の女陰であったぞ、井筒屋」

「そうですか」

「今宵《こよい》は、新鮮な女陰に出そうと思ってな」

「さすが、御前様でございます。新鮮な女陰、ご用意しております」

時次郎が、娘をここに、と襖の向こうに向かって告げた。すると、へい、という返事があった。

三

待つ程なく、襖が開いた。娘が正座をしていた。三つ指をつき、深く頭を下げている。

「両国広小路……信濃屋の……茶汲《ちゃく》み娘の……こ、小夏で、ございます」

震える声で、娘がそう名乗った。

「面《おもて》をあげい」

と、耀蔵が命じる。はい、と娘が顔をあげた。

「ほう、これはこれは」

江戸一番の茶汲み娘の愛らしい顔立ちに、耀蔵の魔羅がぴくぴくと動いた。

「入ってこい」

と、耀蔵が言う。はい、と小夏が立ちあがる。足がぶるぶる震えている。数歩歩いただけでよろめき、井筒屋のほうに倒れていく。

するると、時次郎が思わず両手を伸ばし、小夏を抱き止める。

「なにをしておる」

ぎろりとにらむと、申し訳ございませんっ、と時次郎が叫び、抱き止めた小夏の躰を押しやった。あっ、と小夏が倒れていく。

「こっちだ。近くで顔をじっくりと見せろ」

はい、と小夏は起きあがり、耀蔵のそばに寄ってくる。膳を挟んで向かいに正座をした。
「ここだ。まずは酌であろう」
すみません、と謝り、小夏が立ちあがる。足がぶるぶる震えている。
愛らしい顔は真っ青だ。数日前より、小夏が信濃屋に姿を見せなくなっている
ということは耳にしていた。恐らく、この数日、耀蔵の前に出せるように仕込ん
だはずであった。
だが仕込んでも、足を震わせている。
そんなにわしは怖いのか。
安堵《あんど》させようか、と耀蔵は小夏を見やりつつ、笑ってやった。
すると、ひいっ、と息を呑み、小夏が白目を剝いた。背後に倒れていく。時次
郎があわてて手を伸ばし、ぎりぎり背中を支えた。そのまま、仰向けに寝かす。
「申し訳ございませんっ。すぐに起こしますので」
「いや、よい。わしが起こそう」
下り酒をぐびりと飲み、耀蔵は立ちあがった。小夏のわきに片膝《ひざ》をつくと、ほ
っそりとした肩をつかみ、抱きあげた。
ぴたぴたと優美な頰《ほお》をたたく。すると、小夏が目を開いた。

「起きたか」

また、笑ってやる。すると、ひいっ、とまたも白目を剝く。耀蔵の腕に、小夏の重みが加わる。

「申し訳ございませんっ」

と、時次郎が謝る。今にも泣きそうな困惑の表情を浮かべている。耀蔵の機嫌を損ねたら、これまでの苦労が水の泡になるから、時次郎も生きた心地がしないのだろう。

だが、耀蔵自身は楽しんでいた。こんな娘は、はじめてだったのだ。出世するにつれ、いろんな女遊びをしてきて、すぐいいなりになるおなごは飽きていた。

これくらい初心《うぶ》な娘がよい。まあ、初心すぎるのも困るが。

耀蔵はいかつい顔を愛らしい顔に寄せていった。そして、おちょぼ口におのれの口を重ねていく。

なんともやわらかな唇だ。舌を出し、ぺろぺろと舐めていく。

唇だけでは飽き足らず、頰や目蓋《まぶた》も舐めていく。

するとまた、小夏が瞳を開いた。視界いっぱいに耀蔵の顔面があり、きゃあっ、と叫び、逃げようとした。

耀蔵は逃がした。小夏は襖を開き、出ようとする。すると時次郎が、

「牢《ろう》に入ってもいいのかっ」

と叫んだ。その声で、小夏の躰がぴたりと止まる。

「牢とはなんだ。この茶汲み娘はなにか罪深いことをしたのか」

「高価な簪《かんざし》を挿《さ》しておりまして」

「なるほど。そうか」

それで脅して、ここに連れてきたのか。

「小夏、おまえは水野様の改革に反対なのか」

「いえっ、そのようことは、ありませんっ」

こちらを向き、小夏が真摯《しんし》な目を向けてくる。恐らく、戯《たわむ》れで簪を挿しただけなのだろう。

「わしは水野様にお仕えする者だ」

「えっ……ご、ご老中様に……」

「おまえの罪は、水野様にご判断していただこうかのう」

「牢はっ、牢送りだけはおゆるしくださいませっ」

小夏がすがるような目を向けてくる。すると剝き出しのままの、勃起したまま

の魔羅がひくつく。
「牢送りだけですむはずはなかろう。少なくとも墨を入れて、江戸所払いである
な。それものう、手首だけではなく、乳や背中、尻にも入れることになるかの
う」
「ち、乳にも墨を……」
小夏の愛らしい顔は真っ白だ。まったく血の気がなくなっている。だが、這《は》う
ようにして、耀蔵に近寄ってきた。
そして、天を衝く魔羅に頬ずりをしてきたのだ。
「小夏、なにをする」
「墨は入れたくありません、御前様」
血の気がなくなった愛らしい顔で頬ずりされて、耀蔵は異常な昂りを覚えてい
た。この娘のすべてを今、わしが握っている。生かすも殺すもわし次第。それを
敏感に察知して、剝き出しの魔羅にじかに訴えかけている。
なんて愛らしい娘なのか。魔羅にびんびんくる。
「おねがいします、御前様」
小夏が泣き濡れた瞳で耀蔵を見あげつつ、ちゅっと鎌首に口をつけてきた。

ちゅちゅ、ちゅちゅちゅっと満遍《まんべん》なく鎌首に唇を押しつける。その唇も震えている。

とても拙《つたな》い唇の動きだったが、それがたまらない。

「尺八《しゃくはち》したことはないのか、小夏」

「あ、ありません……」

「好いている男はおるのか」

「いません……」

「そうか。これから、わしのことを好きになるか」

「えっ……」

すがるように見あげる小夏の瞳が泳ぐ。

「無理か。このような面《つら》の男は」

と言って、耀蔵は笑う。やさしく笑ったつもりであったが、またも小夏は、ひいっと、息を呑む。魔羅にこすりつけている頬が震えている。

「い、いいえ……す、好きに……なります……いいえ、もう、す、好きです、御前様っ」

と叫ぶなり、小夏は膝立ちとなった。そして耀蔵の顔面に、愛らしい顔を寄せてきた。甘い薫《かお》りとともに、やわらかな唇が耀蔵の口に押しつけられた。

耀蔵が口を開くなり、すぐさま、ぬらりと舌が入ってくる。だが、入れただけだ。待っていた。耀蔵がからめてくるのを。

耀蔵がからめていくと、小夏もからめてきた。

茶汲み娘の唾《つば》は甘酸っぱかった。とうの昔に忘れてしまった蒼《あお》い味だ。

「顔を舐めてくれ、小夏」

と、耀蔵は言った。

「えっ、お、お顔を……御前様のお顔を……ですか」

「そうだ。いやか」

「いいえっ、お舐めいたしますっ」

小夏が耀蔵の鼻をぺろりと舐めてくる。ぞくぞくとした刺激を覚える。

「ご、御前様……」

井筒屋が目をまるくさせている。

小夏は頬から、あご、そして額を懸命に舐めていく。

「どうだ、わしの顔は」

「えっ……あ、ああ、お、おいしいです、御前様」

「そうか。わしもおまえの顔を舐めてやろう」

　耀蔵がそう言うと、小夏がほんのわずかだけ、愛らしい顔を引きつらせた。

「どうやら、乳に墨を入れたいようだな」

「いやいやっ。墨はいやですっ、御前様っ。どうぞ、小夏の顔を、いえ、全身をお舐めくださいませっ。小夏の躰はすべて、御前様のものですっ」

　がくがくと震えつつ、小夏がそう叫ぶ。

　耀蔵は、そうか、とうなずき、舌を出す。ぺろぺろと、小夏の顔の前で舌を動かしてみせる。

　小夏が泣きそうな顔を見せる。すでに、すんだ瞳には涙がたまっている。

　ぺろりと小鼻を舐める。

　それだけで、また小夏が白目を剝いた。背後に倒れようとしたが、耀蔵が腕で支える。御前様っ、と時次郎がにじり寄り、小夏の背中を支えた。

　気を失った小夏の顔を舐めてもつまらぬ、と耀蔵はぱんっと小夏の頰を張る。

　一発で、小夏が目を開く。目の前に耀蔵の顔があり、この世の終わりのような表情を見せる。

「気を失うほど、いやか」

「いいえっ、いいえっ」

耀蔵は再び舌を出し、ぺろりと目蓋を舐める。

またも、小夏が失神した。時次郎の腕に重みが加わる。

「申し訳ございません、御前様。言い聞かせが足りませんで」

「いや。これくらいがよい。一度出したくなったな。花びらを穢《けが》すかのう」

そう言うと、耀蔵は小夏の小袖の帯を解いていく。

「御前様、私がやりますから」

「いや、よい」

耀蔵自らが、おなごの小袖を脱がせるのは珍しかった。

小袖を剝《は》ぎ、肌襦袢《はだジュバン》を剝ぎ取る。そして腰巻を取ると、無垢《むく》な裸体がすべてあらわれた。

「ほう、毛は生えておらぬのか」

滑方重吾や剛造の目を見張らせたように、耀蔵もうなった。

無骨な指をすうっと通った花唇に添え、耀蔵は開いていく。すると、穢れを知らぬ清廉《せいれん》な花びらがあらわれた。

「ああ、なんともきれいだのう。生娘《きむすめ》の花びらを見ていると、わしの穢れきった心も洗われるようじゃ」

のう、井筒屋、と聞かれ、時次郎はなんと答えていいのか返答に窮している。

「久しぶりに生娘の花びらを見るが、ときどきこうして心を清めることも大事かもしれぬな」

酒を、と耀蔵が言い、はいっ、と時次郎が徳利を手ににじり寄ってくる。

「注ぎますか」

耀蔵がうなずくと、時次郎が小夏の花びらに清酒を注いでいく。すぐにあふれ、閉じた太腿のつけ根までたまっていく。

「毛がないから、わかめ酒ではないのう」

と言って、耀蔵が笑う。

「さようでございますね」

時次郎は引きつった笑いを浮かべる。

「さて、どんな味かのう」

耀蔵は小夏の股間に顔を埋《うず》めていった。そして、じゅるじゅると音を立て、処女の花びらに浸した下り酒を飲んでいく。

「う、うん、うう……」

小夏は気を失ったままだったが、悪夢にでもうなされているような表情を見せている。

これこそ悪夢だろう、と時次郎は思う。このまま気を失っているほうが、幸せかもしれない。

だが、小夏は不幸にも目を覚ましてしまう。自分の大切な恥部に酒を浸してそれを啜っている男を見てしまう。

四

「な、なに……な、なに……」

「起きたか。では、蜜を出すのだ」

と言って、耀蔵がおさねをぺろぺろと舐めはじめる。

「ひ、ひいっ」

と叫び、小夏は起きあがろうとしたが、自分で思いとどまる。逃げても無駄と察しているのだ。

小夏は耀蔵が南町奉行とは知らない。さる偉い御方《おかた》だ、としか時次郎は伝えていない。だが見れば、耀蔵が人に命じなれている、かなりの大物であることはすぐにわかるだろう。

だから、墨を乳に彫るというのも脅しではなく、真《まこと》にやりかねない、と思ってしまうのだ。そんな雰囲気が、鳥居耀蔵にはある。そこが凄《すさ》まじく、そこがなにより恐ろしい。

味方にしておけば、このうえなく頼りになるが、一転にらまれたら、おしまいである。

「井筒屋、乳首を舐めてやれ」

おさねを舐めつつ、耀蔵がそう言う。はい、と時次郎は小夏を見やり、お椀形《わんがた》の見事な乳房に顔を寄せていく。

小夏はもう叫ばなかった。耀蔵のおさね舐めに、じっと耐えている。乳首は乳輪に埋まったままだ。それを掘り起こすように、舌先で突いていく。

耀蔵はしつこく、おさねを舐めつづける。おなごの蜜を出させるには、徹底的に、おなごの急所を舐めるに限る。

「はあ……」

小夏がかすれた声を洩らしはじめた。ずっと強張《こわば》っていた下半身から力が抜けはじめる。

耀蔵はおさねを口に含むと、ちゅうっと吸っていく。すると、

「あっ、あんっ」

と、小夏が甘い声をあげ、腰をもぞもぞさせはじめた。

新鮮な蜜がにじみ出ているのでは、と耀蔵はおさねから口を引き、花びらに浸っている下り酒を啜った。

「うーん。よき味になってきたぞ」

小夜の女陰漬け下り酒とは、また違った味だった。小夜の蜜が混じると、ねっとりと舌にからみつくような甘さを感じたが、生娘が出す蜜はさらっとしている。薄味なのだが、その蒼さがそそる。

よいおなごは間違いなく、蜜の味もよいものだ。

「さて、ここに破瓜《はか》の血を混ぜようぞ」

そう言うと、耀蔵は躰を起こし、ずっと勃起したままの魔羅の先端を、小夏の股間に向けていく。

「ほう、もう閉じよった」

わずかに手を離した隙《すき》に、生娘の扉はぴたっと閉じていた。

「井筒屋、いつまで乳を吸っておる」

「あっ、すみません……つい……」

時次郎があわてて、小夏の乳房から顔をあげて下がっていく。

右の乳首だけを吸っていたが、右の乳首だけではなく、左の乳首も芽吹きはじめていた。

清浄無垢な裸体全体から、甘酸っぱい汗の匂いが立ちのぼっている。小夜の牝《めす》の匂いとはまったく違う。

牝もよいが、やはり初物か。

耀蔵は野太く張った鎌首を、ぴっちりと閉じた花唇に当てる。

小夏はぐっと唇を嚙《か》んで、破瓜のときを待っている。どのような気持ちでいるのか。戯れで高価な簪を挿しただけで、蝮《まむし》と呼ばれている男の魔羅で処女膜を散らすことになったおのれの運命を呪《のろ》っているのだろうか。

小夏の気持ちを思うと、躰が喜びで震える。魔羅がひくひくと跳ねるように動いた。

「処女花、散らすぞ」

と宣言するなり、鎌首で割れ目を開いていく。

「う、うう……」

処女の扉が無理やりこじ開けられ、鎌首が薄い膜に触れる。

耀蔵の目がぎらりと光る。うむ、とうなずき、薄い膜を一気に突き破っていく。

「ひいっ」

めりめりと恐ろしく太い鎌首が、小指の先ほどの穴にめりこみ、あまりの激痛に、小夏は絶叫する。

その叫びを聞き、ためらうどころか、さらに目を輝かせ、耀蔵は野太い鎌首で処女穴を突き進んでいく。

極狭の穴をえぐるようにして突き刺していく。

「ひ、ひいっ、裂けるっ。女陰、裂けるっ」

あまりの激痛に小夏が逃れようとあぶら汗を浮かせた裸体をよじらせる。だが股間を串刺《くしざ》しにされているため、逃げることはできない。

「おう、きついな。ああ、初物は血が滾《たぎ》るな、井筒屋」

「さようでございますな、御前様」

蝮の魔羅で処女膜を破られた小夏を、時次郎は憐《あわ》れむように見つめている。

耀蔵は奥まで貫いた。子宮を鎌首でたたく。

「あうっ、うんっ」

小夏が白目を剝き、あまりの激痛に、すぐに目を覚ます。

「ああ、動かずとも、出しそうだな」

「さほどに、素晴らしい女陰でございますか」

「ああ、生娘のくせして、わしの魔羅に吸いついてきよるぞ」

耀蔵は深く埋めたまま、じっとしている。

小夏はぼろぼろと涙を流している。その涙と強烈な締めつけだけで、動かずとも心地よい。

耀蔵は小夏の太腿をかかえ、上体を倒していく。みしみしと魔羅が動く。

「あう、うう……」

眉間《みけん》の縦皺《たてじわ》がさらに深くなる。

耀蔵はお椀形の乳房を胸もとで押しつぶしつつ、小夏の唇に口を重ねていく。舌をぬらりと入れてからませると、女陰がくいくい締まってくる。

「うんっ、うっんっ」

小夏の舌を貪《むさぼ》り食らいつつ、腰の上下動をはじめる。

「う、うぐ……うう……」

ひと突きごとに、小夏があらたな涙の雫《しずく》を流す。口を引き、優美な頰に伝う涙の雫を舐めていく。

「ああ、涙も美味じゃ」

そう言いながら、耀蔵は上下動を激しくしていく。

「ひ、ひいっ、裂けますっ。ああ、小夏の女陰、裂けますっ」

「安心しろっ。おなごの女陰はこれくらいでは裂けぬっ」

そう言いながら、耀蔵は極狭の穴を突いていたが、いきなり引き抜いた。

「あうっ、うう……」

引き抜かれたときの激痛に、小夏はあぶら汗まみれの裸体を震わせる。

「ほら、見ろ、井筒屋」

鮮血と蜜のついた魔羅を、耀蔵は誇示するようにしごいた。

「ああ、惚《ほ》れぼれしますな」

時次郎は破瓜の証《あかし》がついた南町奉行の魔羅を感嘆の目で見つめてくる。

「尻から入れてやる、小夏」

と、耀蔵は言う。小夏は、はあはあ、と荒い息を吐いたまま、すがるような目を耀蔵に向けている。

「まだ出しておらぬぞ。おまえの女陰に出して、そこで終わりだ。無罪放免にしてやる」

「中に出してくだされば、小夏を無罪放免にしてくださるのですね」

「ああ、無罪放免だ」

時次郎が意外な顔を見せる。一度だけで、小夏を解放するのかと思ったのだろう。

小夏が起きあがった。そして驚くことに、おのが破瓜の証がついた耀蔵の魔羅にしゃぶりついてきたのだ。

いきなり鎌首から咥《くわ》えてくる。うんっ、うんっ、と悩ましい吐息を洩らしつつ、鎌首を吸ってくる。

「おう、これは……」

なにがなんでも、中出しを受けたいのだろう。すぐにでも、女陰を穢されたいのだろう。

小夏は反り返った胴体まで咥えてきた。う、ううっ、と苦しそうにうめきつつも、根元まで頬張ると、じゅるっと吸ってくる。

「うんっ、うんっ、うっんっ」

このまま口の中に出させそうな勢いで吸ってくる。

「ああ、出そうだ。しかし、口に出しては無罪放免にならぬぞ」

そう言うなり、小夏があわてて唇を引いた。そして畳に両手をつくと、ぷりっと張った尻を耀蔵に向けてさしあげてきた。

「御前様、小夏の女陰に御精汁をかけてくださいませ」

「わしの精汁が欲しいか、小夏」

と問いつつ、耀蔵はぱんぱんっと尻たぼを張る。小夏は、ううっ、とうめきつつも、くださいませ、とさしあげた尻を振る。

よし、と尻たぼをつかみ、うしろ取りで突き刺していく。本手《ほんて》とはまたえぐる角度が変わり、小夏が、うぐっ、と激痛にうめく。

「おう、うしろ取りもよいな」

耀蔵もうなりつつ、ぐぐっとえぐっていく。

「あう、うう……」

小夏の女陰が万力のように締まってくる。

「う、ううんっ、魔羅が喰《く》いちぎられそうじゃ」

「あ、ああ……御精汁を……ああ、小夏の女陰にくださいませ。中に出されて、無罪放免をっ」

「おう、おう、凄まじい喰い締めだのう……ああ、これからは、まぐわいながら吟味《ぎんみ》をいたすかのう……見事、中出しさせたおなごは、ううっ、みな、無罪放免じゃっ」

そううなりつつ、耀蔵はぐいぐいっとえぐっていく。

「あう、ううっ、ううっ」

小夏の尻たぼに、無数の汗の雫が浮きあがり、耀蔵が突くたび、深い尻の狭間《はざま》に流れていく。

「ああ、出るぞっ、小夏っ」

「くださいませっ、御前様。御精汁を、小夏の中に、女陰にくださいませっ」

無罪放免になりたい一心が女陰にもつながり、耀蔵の魔羅を喰い締めてくる。

「お、おうっ、出るっ」

雄叫《おたけ》びのような声をあげ、耀蔵は小夜相手でも出さなかった精汁を、小夏の無垢な女陰に出していった。

「あっ、ああっ……」

子宮に精汁を感じて、小夏はいきそうになる。

「おう、おう、おうっ」

耀蔵は吠《ほ》えながら、さらに突いていく。精汁が凄まじい勢いで、小夏の子宮をたたいてく。

「い、いく……いくいく……」

無罪放免される喜びと相まって、小夏は一気に気をやっていた。

しばらく、小夏の中で脈動が続く。

「いく……いく……いく、いく」

精汁を子宮に受けるたびに、小夏は気をやり、そしてまたも白目を剝いた。

がくっと畳に突っ伏し、魔羅が小夏の中から抜ける。大量の精汁が穴からあふれてくる。白い精汁のあちこちに、赤い血が混じっていた。

五

「よく、気を失うおなごじゃ」

起こせ、と耀蔵が言い、はいっ、と時次郎が突っ伏したままの小夏の乱れた髷《まげ》をつかみ、引き起こす。

膝立ちのままの耀蔵のほうに向かせ、平手で起こそうとしたが、の頰をたたく。

「わしが起こそう」

と言い、耀蔵はいまだに鋼の力を保っている魔羅で、ぴたぴたと上気した小夏
何度か張っていると、ううっ、と小夏が瞳を開いた。

「あっ、御前様っ」

小夏はすぐさま、おのが鮮血まみれの魔羅にしゃぶりついていく。

奥まで咥えると、じゅるっと吸っていく。

「ああ、よいぞ、小夏。中出しを受けても、それで終わらず、こうして掃除をする気持ちは大事じゃのう」

「う、ううう、うう」

小夏はつけ根まで咥えたまま、ありがとうございます、と答える。

耀蔵は、ずどんっと小夏の喉《のど》を突く。

「ううっ」

小夏はむせつつも、懸命に吸っている。

「信濃屋茶汲み娘、小夏、おまえを無罪放免といたすっ」

と告げると、小夏は魔羅から唇を引き、ありがとうございます、と畳に額をこ

すりつけた。

小夏が下がると、

「例の件、どうかよろしくお願いいたします」

時次郎が魔羅もあらわなままの耀蔵に向かって、深々と頭を下げる。

「井筒屋、その話であるが」

いやな予感がして、時次郎の躰が震える。

「大奥御用達の扇屋の評判がたいそうよくてな。いくらわしとて、あまり無理強《じ》いはできぬのだ。しばらく待たれい」

「いつ頃まで、待てばよろしいのでしょうか」

頭を下げたまま、時次郎は聞く。すぐそばに耀蔵の股間があり、そこから血の匂いが混じった精汁の臭《にお》いがしていた。

「さて、しばらくだ、しばらく」

「しかし、御前様っ」

奢侈《しゃし》禁止令の世。待っている間に、井筒屋がつぶれてしまっては元も子もない。

いや、もしや、この蝮はそれを狙《ねら》っているのか。大金を懐《ふところ》に入れ、そして小夜や小夏を好き勝手に楽しみつつも、井筒屋がつぶれるのを待とうということか。

蝮なら考えそうなことだ。そんなことはさせない。

「扇屋がなくなれば、手前どもにすぐに話が来ますでしょうか」

悪魔の問いかけをしてみた。

「さてな。扇屋には確か、とびきり美形の娘がいると聞いているがのう。主《あるじ》は溺愛《できあい》しているようだ」

「美奈という、ひとり娘がおります」

「そうか。幕府御用達の娘というのも、味わってみたいものよのう」

「さようでございますか」

時次郎は額を畳にこすりつけつつ、扇屋自体をなきものにすることを考えはじめていた。

第四章　黒装束と白い足

一

夕刻――定町廻《じょうまちまわ》りのお勤めを終え、道場へと向かっていると、

「倉田様」

と、声をかけられた。立ち止まり、振り向くと、美奈が近寄ってきた。いつ見ても、はっとするような美貌《びぼう》である。なにより色が白い。

「よく会うのう」

と、声をかけると、お待ちいたしておりました、と美奈が言った。

「俺をか」

「はい」

と言って、すんだ瞳で、まっすぐ見つめてくる。

これはどういうことなのか。彦三郎は動揺する。

俺を待っているというのは、俺とまた、汁粉を食べたいということか。それは好意があるということではないのか。

なにも好き好んで嫌っている男と汁粉は食わぬだろう。

「お勤め、ご苦労様でございます。あの、ご都合のほどは……」

と、すんだ瞳で彦三郎を見つめてくる。

「汁粉か」

そう言うと、美奈が右手の甲を唇に寄せて、うふふと笑った。ちらりとのぞく白い歯にどきりとする。

「お汁粉がよろしいでしょうか」

「どういうことだい」

「では、そこの甘味処におつき合い、おねがいできますか」

大げさな物言いだったが、彦三郎はうなずいた。

過日、ともに食した甘味処の二階の個室に向かい合った。小女《こおんな》に注文すると、

「あの、倉田様にご相談があって、お待ちしておりました」

と、美奈が切り出した。

「相談……」

どうやら好いた男と汁粉を食べたい、という話ではないようだった。

「ここ数日、扇屋のまわりを不審な男たちがうろつくようになりまして」

「不審な男……」

「はい。店というか、その裏にある屋敷をうかがっているようなのです」

「押込《おしこみ》か」

「はい……」

美奈の美貌が強張《こわば》る。緊張した表情も、また美しい。

「もちろん、気のせいかもしれないのですけど、心配なのです」

「そうであるな」

「それで、用心棒を雇いたいのですけれど、倉田様のお知り合いで、やっていただけるような、腕に覚えのある方がいらっしゃらないか、と思いまして」

「なるほど」

そういう話か。

失礼します、と小女が汁粉を乗せたお盆を手に入ってきた。どうぞごゆっくり、と言って下がる。この前と同じ小女であった。

「本当は、倉田様におねがいしたいのですけれど……」

「そうか。そうだな……」

定町廻りが呉服屋の用心棒というのはまずいが、夜中ゆえ、やれないこともない。だが万が一、奉行の鳥居耀蔵に知れたら、定町廻りははずされるだろう。

美奈と同じ屋敷でひと晩過ごす。なにかあるわけではないが、気持ちが動く。

だが、だめだ。蝮《まむし》奉行の鬼のような顔が浮かぶ。

それをかき消すように、凜《りん》とした美貌が浮かびあがった。

そうだ。結衣どのがよいではないか。腕は立つし、今、父上のための薬代がいる。すでに彦三郎と源太が貸していたが、それだけではすぐに足りなくなるだろう。

「ひとり、心当たりの剣客がいる」

と言った。

「おなごだが、かなりの腕の持ち主であるぞ」

「おなご、ですか」

「そう。おなごだ」

汁粉の蓋《ふた》を開き、お椀《わん》を口へと運ぶ。

「そのおなごは、お強いのですね」

「かなり強いぞ」

美奈はじっと彦三郎を見つめ、その御方《おかた》をおねがいできますか、と言った。


その夜、四つ（午後十時頃）に坂木結衣は扇屋を訪ねた。

扇屋の奥にある母屋《おもや》の玄関で訪《おとな》いを告げると、娘が出てきた。目の覚めるような美貌で、結衣は目を見張り、この娘の乳を彦三郎様は見たのか、と思った。

出てきた娘は結衣を見て、

「あ、あの……どちら様でしょうか」

と聞いてきた。結衣は髷《まげ》は結わず、漆黒《しっこく》の長い髪を背中に流し、根元を結んでいた。そして、腰には刀を一本さしていたのだ。

どう見ても、用心棒だと思うのだが……。

「倉田様よりお話をいただいた、坂木結衣と申します」

「えっ、あ、あなたが、坂木様……あなたが、お強いおなごの方……」

強いおなごの方と言われ、結衣は笑う。

「あなた様が……えっ……いや、そうですか……」

「いかがなされましたか」

「いえ、あの、すみません……とてもおきれいな方で……あの、すみません、鬼のようなおなごの方がいらっしゃるとばかり、思っていて……すみません」

と、娘は何度も頭を下げた。

「鬼のようなものですよ」

「いえ、そんな……ああ、倉田様にこのような御方がいらっしゃったとは」

「えっ、それは違いますよ」

「ああ、そうですか……」

娘の表情がわずかに曇る。

もしかして、この娘は彦三郎様を……。

「ああ、倉田様に……こんな美しい御方が」

「違いますよ。倉田様は坂木道場の門弟のひとりです」

「それだけですか」

「それだけです……」

と、答えたものの、結衣の心も美しい娘を前にして、乱れていた。なにゆえ乱れる。結衣は自分で自分の心の揺れに戸惑った。

「私、扇屋の娘の美奈と申します」

と、あらためて頭を下げる。

「こちらにどうぞ。扇屋の主人がご挨拶《あいさつ》します」

と言って、母屋の奥に、美奈が案内する。

奥の座敷に入ると、扇屋の主人が下座にいた。

「坂木様をお連れしました」

美奈が恰幅《かっぷく》のよい男に告げる。

扇屋の主人は結衣を見あげ、目を見張った。驚きの目で見られることには慣れていた。

「これは……」

「鬼のようなおなごだと思っていましたか」

そう言いながら、結衣は腰から大刀を鞘《さや》ごと抜き、上座に座った。あぐらである。着物に、袴《はかま》を着けていた。袴がふわりとひろがり、あぐらの足を隠す。

「いいえ、そのようなことは……扇屋の主人であります、徳兵衛《とくべえ》と申します。このたびは、手前どもの用心棒を引き受けてくださり、ありがとうございます」

深々と頭を下げ、そして顔をあげる。じっと、結衣を見つめてくる。

「ただ……」

と言う。

「ただ……腕が心配ですか、扇屋さん」

「いいえ、そのようなことはございません。倉田様のご紹介ですから」

結衣は鞘を手に取ると、すらりと大刀を抜いた。そして片膝《ひざ》になると、しゅっと切っ先を徳兵衛に向けて振った。

「ひいっ」

と、徳兵衛が息を呑《の》み、背後に倒れそうになる。それを、お父さまっ、と美奈が支えた。

「蝿《はえ》が飛んでおりました」

と、結衣は言った。えっ、と徳兵衛が自分の膝の前を見やる。すると、畳の上に、真っぷたつに切られた蝿が落ちていた。

「こ、これは……」

徳兵衛は驚き、蝿を拾いあげた。懐《ふところ》から手拭《てぬぐい》を出し、そこに、真っぷたつに切られた蝿をていねいに置く。

「す、すごい腕で、いらっしゃる……」

「これで、少しは安心しましたか」

「もちろんでございます」

「では、母屋や蔵を見せていただいてもよろしいですか」

「はい。番頭を呼びましょう」

「私が、ご案内します」

と、美奈が言った。

「しかし、おまえ……」

「私が、結衣様をご案内します」

まっすぐに結衣を見つめ、美奈がそう言った。

二

彦三郎は八丁堀から日本橋に向かっていた。

時は九つ（午前零時）をまわっていたが、胸騒ぎがして、おちおち寝ていられなかったのだ。結衣を信頼してはいたが、気になった。

扇屋に向かいつつ、気になっているのは、賊《ぞく》が入るかもしれないということではないことに気がついた。

美奈だ。美奈と結衣を会わせてよかったのか、と床に入ったとたん、気になりはじめたのだ。

最初、用心棒に結衣を、と思ったのは名案だと思った。だが、悪手《あくしゅ》ではなかったのか。

美奈とも結衣ともつき合っているわけではない。されど、どちらの乳も見ている。乳を見ているからどうだ、と言われればなんでもないかもしれないが、やはり、なにかまずい気がする。

扇屋の母屋にまわり、裏木戸に手をかける。当たり前だが、開かない。さて、どうするか。もう九つである。店の者を起こすわけにはいかない。結衣と美奈を会わせたことが気になってここまで来てしまったが、彦三郎が賊まがいの行動を取るわけにもいかない。

裏木戸が開かないかと、ぎいぎい動かそうしていると、母屋からしゅっと短い槍《やり》のようなものが飛んできた。

彦三郎はぎりぎりそれをかわした。背後の木の幹に突き刺さる。

背後を見て、正面に目を向けたときには、結衣が裏木戸に迫っていた。

「結衣どの」

「ああ、彦三郎様でしたか。怪しい気配を感じたもので」

「いや、恐れ入りました」

「それで、彦三郎様、なにか……」

「いや、ちょっとな……」

「ちょっと……」

叢雲《むらくも》から月が出てきた。月明かりを受けて、結衣の美貌が白く浮かびあがる。

この世のものとは思えぬ神々《こうごう》しい美しさに、彦三郎は圧倒される。

「とにかく、お入りください」

と、結衣が閂《かんぬき》をはずし、裏木戸を開く。ぎいっ、と音がやけに大きく響いた。

庭に足を踏み入れる。

裏木戸を閉め、閂を通す。そして結衣のあとに従い、台所より母屋に入った。

台所の横に、六畳の板の間があり、そこに布団が敷いてあった。戸を閉めると、
とたんに空気を濃く感じる。

結衣は横になっていたのか、かけ布団がめくってあった。

「どうぞ、お座りになってください」

では、と彦三郎は布団の横の板の間にあぐらをかく。

結衣も板の間に座った。こちらは正座だ。袴は脱いでいた。結衣の着流し姿を見るのははじめてだった。

思えば、白の稽古着《けいこぎ》に袴姿の結衣しか知らなかった。

結衣の膝の前に、彦三郎に向かって投げられた小さな槍のようなものが三本並んでいた。

「それで危うく、命を落とすところでした」

と言って、彦三郎は小さな槍のようなものを手にした。

「小刀で削って作ったのです。賊が押しこんできたら、先手を打てるようにと」

「なるほど」

小刀と削りくずが板間の端に見られた。

「どんな用事で、こんな夜分にいらっしゃったのですか」

と聞きつつ、結衣がじっと見つめてくる。結衣も美奈も瞳が美しいゆえ、ただ見つめられるだけでも、どぎまぎしてしまう。

今もそうだ。しかも今、六畳間にふたりきりだ。九つをすぎ、しかも布団がある。さらに、六畳間は結衣の甘い匂いに満ちていた。

どうも落ち着かない。

「用事があったわけではないのです。まあ、陣中見舞のようなものですか」

「そうですか」

そこで会話が途切れる。結衣はじっと彦三郎を見つめている。

なにか話さないと、とあせればあせるほど、なにも思いつかない。

「美奈さん、とてもきれいな御方ですね」

と、結衣が言った。

「そ、そうですね」

「彦三郎様のことを、好いておられるようですよ」

「まさかっ」

と、声が上ずる。

「彦三郎様もお好きなのですか」

「えっ……」

どうなのですか、と結衣がまっすぐ見つめてくる。

俺が好きなのは、結衣どのだ、と強く思った。そのことを伝えなければ。今、
伝えなければ。

「私は……」

はい、と結衣がじっと見つめる。

「私が好きなのは……」

結衣は視線をそらさない。

結衣どのです、という前に手を伸ばし、膝の上に乗った結衣の手をつかんでいた。そして、強く手前に引いていた。不意をつかれたのか、あっ、と結衣がこちらに倒れこんできた。

彦三郎にしがみつく形で見あげてくる。

「結衣どのが……好きです」

「彦三郎様……」

結衣が瞳を閉じた。唇を見ると、待っているように感じた。

口吸いだ、口吸いっ。

彦三郎はぐっと結衣の躰《からだ》を抱きしめ、顔を結衣の美貌に寄せていく。

結衣の唇と彦三郎の口が重なろうとしたとき、ぎしぎしと裏木戸のほうから音が聞こえた。

結衣がぱっと瞳を開いた。剣客の目に変わっている。

「聞こえましたね」

彦三郎がうなずくと、結衣は彦三郎を押しやるようにして立ちあがった。

鞘ごと大刀を手にすると、小さな槍もつかむ。

そして六畳間の戸を開くと、そこには美奈が立っていた。寝間着姿だ。髷は解《ほど》き、漆黒の長い髪を背中に流している。

「美奈さん……」

「す、すみません」

と、謝る美奈を押しのけ、結衣が台所に向かう。

「なにか……」

「賊です」

と、彦三郎が答えると、台所の戸が蹴破《けやぶ》られ、男たちが入ってきた。だがすぐに、ぐえっ、と先頭の男が倒れていく。喉《のど》に小さな槍が見事に突き刺さっていた。

それを見た美奈が、きゃあっ、と悲鳴をあげる。

ふたりめの男はぎりぎり、小さな槍を避けた。

「おのれっ」

と、大刀を抜き、結衣に迫る。大刀を抜いた結衣が迎え撃つ。

「おなごっ」

と叫びつつ、男が刃《やいば》を振り下ろす。かきんっ、と刃と刃がはじける音がする。

「彦三郎様っ、ほかにも賊がっ」

鍔《つば》迫《ぜ》り合いしつつ、結衣が叫ぶ。わかった、とうなずき、彦三郎は台所より裏手に出た。

すると、ふたりの男たちが母屋の雨戸を蹴破ろうとしていた。

「なにをしているっ」

と叫びつつ、彦三郎は迫っていく。振り返ったふたりの男が大刀を構える。ふたりとも浪人者のようだった。荒《すさ》んだ雰囲気が伝わってくる。

「誰に雇われたっ」

「邪魔するなっ。斬《き》るぞっ」

ふたりとも獰猛《どうもう》な面構《つらがま》えである。ふたり同時に、彦三郎に斬りかかってきた。

正面からと右手から、凄《すさ》まじい刃が迫ってくる。

彦三郎は正面から刃をはじきざま、右手から小手を狙《ねら》う刃を受ける。

そのときには、またも正面から刃が振り下ろされてくる。

彦三郎は咄嗟《とっさ》に背後に飛んだ。

「ぎゃあっ」

と、台所から男の声が聞こえてきた。

「おなごに斬られるとはな」

正面に立つ浪人者がばかにしたように笑う。

「彦三郎様っ」

と、背後から結衣がやってくる足音がする。

浪人者たちの目が一瞬、背後の結衣に向いた。その隙《すき》をつき、彦三郎は一気に間合いをつめて、正面の浪人者に袈裟《けさ》斬りを見舞った。浪人者はぎりぎり肩の前で受けた。

彦三郎はすぐさま二の太刀《たち》を胴に見舞う。浪人者の受けが遅れ、ずぶりと胴を払う。ぐえっ、と腹から血を流し、彦三郎の斬った浪人者が倒れていく。

その隣では、結衣ともうひとりの浪人者が向かい合っていた。頬《ほお》に大きな傷があった。

「お嬢さん、俺を斬れるか」

と言いながら、突き出した切っ先を、結衣の前で回転させる。

結衣は間合いをつめられずにいる。

「どうした、お嬢さん」

へらへら笑っている。

結衣はたあっと裂帛《れっぱく》の気合いを入れると、突き出されている切っ先をおのが切っ先で斬りあげた。

と同時に、烈風のごときはやさで迫り、がら空きの胴を払った。

「うぐ、うそだろう……」

頬に大きな傷のある浪人者は、信じられないという顔をして、崩れていった。

三

「きゃあっ、助けてっ」

背後より美奈の悲鳴が聞こえた。なにごとかと振り返ると、寝間着姿の美奈が黒装束の男にかかえられ、運ばれようとしていた。

美奈は足をばたばたさせている。寝間着からあらわなふくらはぎの白さがやけに目を引いた。

「待てっ」

彦三郎と結衣は走り出す。

「助けてっ」

「ああ、お嬢様っ」

住みこみの使用人たちが出てきた。

美奈を追おうとする。使用人たちを追い越すようにして、彦三郎と結衣は裏木戸から出る。

美奈の白い足が見える。美奈はひとりの男に軽々とかかえられていた。盗人《ぬすっと》なのか。よくわからない。とにかく力持ちである。

月明かりの下、静まり返った往来を駆けていく。

「待てっ」

彦三郎と結衣は大刀を片手に白い足を追う。

美奈をかかえた男が掘割で立ち止まった。そこには猪牙船《ちょきぶね》があり、中に乗っている男に美奈を投げ渡す。

寝間着の裾《すそ》が大きく乱れ、腰巻に包まれた股間まであらわになった。

美奈をかかえていた男が飛び乗ると、すぐさま猪牙船は船着場を離れていく。

ふたりがかりで漕《こ》いでいた。

「待てっ」

船着場に着いたときには、美奈を乗せた猪牙船は離れていた。

「倉田様っ」

と、美奈が叫ぶ。猪牙船の縁に身を乗り出すが、男が羽交《はが》い締《じ》めにした。

「美奈さんっ」

彦三郎は叫ぶ。

「あそこに猪牙船があります」

堀の反対側に猪牙船が一艘《そう》もやってあった。まわりを見るが、橋はかなり遠い。

すると結衣が鞘ごと大刀を彦三郎に渡すと、いきなり小袖《こそで》を脱ぎはじめた。さっと剝《は》ぎ取ると、肌襦袢《はだジュバン》はなく、いきなりさらしを巻いた胸もとと例の極小のおなご下帯《したおび》だけになる。

「結衣どの……」

月明かりを受けた結衣の躰に、彦三郎は思わず見惚《みと》れる。

結衣が掘割に飛びこんだ。すぐさま向こう岸に泳ぎ着き、猪牙船にあがる。

さらしとおなごの下帯だけの躰が水に濡れて光っている。

おなごの下帯は尻の狭間《はざま》に丁字《ていじ》に食いこむ形となっており、結衣の尻たぼがもろにあらわになっていた。

それも大量の水滴を垂らしつつ、月明かりを受けて妖《あや》しく輝いている。

猪牙船にあがった結衣は棹《さお》を川面《かわも》にさして、こちらに動かしてきた。

結衣を乗せた猪牙船が迫ってくる。彦三郎はずぶ濡れの結衣の躰に釘《くぎ》づけとなっていた。美奈が危ういという状況をしばし忘れて、見入ってしまう。

水に濡れた躰はなんともそそった。水を吸った白いさらしからは、乳首の影が透けている。おなごの下帯の割れ目への食いこみもたまらない。

「彦三郎様っ、これにっ」

結衣が白い腕を振って手招く。我に返った彦三郎は結衣の大刀とおのれの大刀を手に、猪牙船に飛び乗った。

結衣が棹を動かす。すると、すうっと猪牙船が進み出す。

「うまいですね、結衣どの」

「国許《くにもと》ではよくこうして猪牙船を漕いでいたのです」

「そうなのですか」

美奈を乗せた猪牙船が大川《おおかわ》へと出ようとしている。

「逃がしてはなりませんっ」

結衣の棹捌《さば》きに力が入る。加勢しようと、彦三郎は猪牙船の床を見る。もうひとつ棹があるのに気づき、それを手にすると、川面にさしていく。

すぐそばに、さらしとおなごの下帯だけの結衣がいる。真剣勝負が続き、汗ばんでいた。さらしからはみ出ているふくらみには、あらたな汗の雫《しずく》が浮き、次々と流れていた。

「はじめて……人を斬りました」

と、結衣が言った。彦三郎ははっとして結衣の横顔を見つめる。

「私もです。私もはじめて人を斬りました」

そうだ。はじめてだ。相手は間違いなく彦三郎を斬る気でいた。だから、全力で立ち向かわないと命がないと思った。そして、気がついたときには浪人者は血を噴いて倒れていた。

「はじめて、人を……」

とつぶやき、結衣が彦三郎を見つめてくる。

棹を左手に持ち替え、右手を彦三郎に伸ばしてくる。そして彦三郎の左手をつかむと、さらしの巻かれた胸もとに寄せた。

「結衣どの……」

「心の臓が、ずっと早鐘《はやがね》を打っています……それが止まりません」

彦三郎はさらしの上から、結衣の乳房をつかんでいた。

「はあ……」

と、結衣が火の息を洩《も》らす。

「彦三郎様も私も、ひとつ間違えばここにいませんでした。こうして心の臓の鼓動《こどう》を感じてもらえることもできません……今、ここにふたりとも生きているのは……とても尊いことなのです」

そう言うなり、結衣はすうっと美貌を寄せてきた。

あっ、と思ったときには、結衣の唇が重なっていた。口を開くと、ぬらりと舌が入ってくる。

彦三郎は結衣の舌におのが舌をからめていく。今は美奈を乗せた猪牙船を追うことが大事であった。だがそれよりも、もっと大事なことがあったのだ。

生を、生きている証《あかし》をお互いに確かめ合うことであった。

「うんっ、うっんっ、うんっ」

美奈に、すまない、と謝りながら、ひたすら結衣の舌と唾《つば》を貪《むさぼ》り食らう。結衣も彦三郎の舌と唾を貪っていた。

気がついたときには大川に出ていた。

はっ、と口を引き、あたりを見まわす。すると、上流に猪牙船が見えた。

「追いましょう」

唇の端についた唾を小指で拭《ぬぐ》い、結衣がそう言った。彦三郎はうなずき、ともに懸命に棹を川面にさしていく。

上流から、美奈の叫び声は聞こえない。猿轡《さるぐつわ》を嚙《か》まされたか、気を失っているのか。

「美奈さんを狙ったのでしょうか」

「そうかもしれないが……美奈さんを攫《さら》うだけなのなら、夜中に押しこむのは妙です。恐らく、押込でしょう」

「押込……」

「蔵の小判を狙っただけではなく、もしかしたら主人や使用人たちを殺《あや》めるつもりで押し入ったのかもしれない」

「そうかもしれませんね。とにかく、あの男たちは殺気だっていました。だから、手をかけてしまったのです」

結衣の横顔を見る。まっすぐ、美奈を乗せた猪牙船を見つめている。

「押しこもうとしたら思わぬ反撃にあい、たまたま台所にいた美奈さんを黒装束の男たちが攫ったのでしょう」

「あの男たちは盗賊ですか」

「恐らく、やくざ者なのでは。おなごを攫う手際がよかった」

押しこまずに帰ったら、上の者から叱責《しっせき》されるだろう。だから、これ幸いにとお嬢様を攫ったのだ。

「どうして、美奈さんはあそこにいたのでしょうか」

「そうですね」

恐らく、彦三郎が裏木戸から入ってきたことに気づいたのでは。結衣のことが気になって、ずっと聞き耳を立てていたのか、たまたま手水《ちょうず》に出ていたのか。

いずれにしても、不運であった。あの場にいなければ、攫われることもなかったのだ。

結衣の棹捌きは船頭並で、みるみると美奈を乗せた猪牙船に迫っていく。

美奈を乗せた猪牙船が川岸に向かった。向島《むこうじま》まで大川を上っていた。船着場に留めると、黒装束の男たちが美奈を背負って猪牙船から降りていく。

やはり、美奈は気を失っているようだ。

男たちがこちらを見た。そして、足早に逃げていく。

「待てっ」

と、結衣が叫ぶ。とてもすんだ声が、静かな大川に通る。

「急ぎましょう」

と、結衣がさらに力をこめて棹をさす。風に乗って、ずっと結衣の肌から汗の匂いが薫《かお》ってきている。

力を入れても、二の腕に瘤《こぶ》ができることはない。しなやかな曲線を描いている。躰自体が華奢《きゃしゃ》だ。この躰のどこに、腕の立つ浪人者を斬る力が潜んでいるのか。

船着場に着いた。猪牙船から飛び降り、美奈をかかえた黒装束の男たちのあとを追う。

向島の道は一本道であった。遠くに、美奈の白い足が見える。その足だけが月明かりを受けて、白く輝いている。

男たちは黒装束ゆえ、わかりづらかったが、とにかく美奈の足が目印となっていた。

美奈が私はここです、と気を失いつつも、彦三郎たちに救いを求めているように感じた。

一本道の突き当たりに大きな屋敷があった。どこぞの大店《おおだな》の主人の別荘のような雰囲気であった。

「あそこです」

と、結衣が足早に向かおうとしたが、彦三郎はその腕を取り、止めた。

「彦三郎様」

「隠れるのです」

と、道ばたの茂みに結衣を引っぱりこんだ。

不意をつかれたのか、結衣が彦三郎の胸もとに倒れこんできた。思わず、背後より胸もとをつかんでしまう。

そのままの状態で男たちの様子を見る。男たちは屋敷の門の前で振り返った。一本道を見ている。門が開き、ひとりの男が出てきた。

「あれは……」

見覚えがあった。

「剛造じゃないか」

「剛造って、誰ですか」

さらしごしに乳房をつかまれたまま結衣が問う。根元を結んだ長い髪が彦三郎の鼻をずっとくすぐっている。

「信じられない」

「誰ですか」

と、結衣が首をねじって彦三郎を見つめる。甘い息がかかる。

「定町廻り同心の滑方重吾どのの手下だ」

「えっ」

結衣が目を見開き、門を見る。

懐手の剛造が黒装束の男が背負っている美奈のあごを摘《つ》まみ、顔をのぞきこんでいる。

ひひひ、という下種《げす》な笑い声が聞こえてくる。

美奈が穢《けが》されているようで、見ていられない。彦三郎は茂みから出ようとした。

すると今度は、結衣が彦三郎の手をつかみ、引き留めた。

「結衣どの……行かせてください」

剛造が寝間着からのぞく白いふくらはぎを撫《な》でている。やめさせなければ、とあせる。

「なりません」

結衣が止めている間も、剛造の手がふくはらはぎを這《は》っている。その手が太腿《ふともも》へとあがっていく。

「剛造っ」

怒りで躰が震える。

男たちが門の奥へと入っていく。そして、屋敷の中に消えた。

四

「行きましょう」

と、結衣が先に一本道に出る。そして、足早に向かっていく。

彦三郎はあとを追う形となる。

おうっ、と思わずうなる。おなごの下帯は丁字の形をしていて、尻の狭間に縦の布が食い入っているだけなのだ。それゆえ、尻が剝《む》き出しであった。

しかも、結衣は駆けているゆえ、ぷりっと張った尻たぼが、ぷるぷると躍動しているのだ。

背中に流した髪を弾ませ、尻をぷるぷるさせて走る結衣は美しくも、股間にびんびん響いた。

彦三郎は結衣から離されていく。結衣がはやいというより、彦三郎が遅れていた。勃起して、思うように走れなくなっていたのだ。美奈が危ないというときに、勃起させて遅れを取るとはなんとも情けない。

だが先を走る結衣のうしろ姿を見ていると、勃起が収まりそうにはない。うしろから見ると、上のほうにさらしが巻かれているだけで、ほとんど裸のようなものである。

あのような姿で屋敷に乗りこめば、男たちを喜ばせるだけなのでは、と思うが、結衣が脱ぎ捨てた小袖は日本橋の掘割に置いてきてしまっている。

結衣が門に着いた。開けようとするも、閂がかかっているようだ。

すると、結衣が大刀を鞘ごと地面に置くと、門をよじ登りはじめた。

しなやかな両腕をあげて門にしがみつき、登っていく。

ようやく彦三郎が追いついたときには、結衣は門の上まで登りきっていた。すると、ちょうど下から結衣の股間を見あげる形となった。

「こ、これは……」

おなごの下帯が割れ目に深く食いこみ、和毛《にこげ》が生えただけのわきがぷくっと盛りあがっている。

結衣が門の向こうに消えた。結衣がいなくなった空間を、彦三郎は惚《ほう》けたように見あげている。すると、門が開いた。

「彦三郎様」

結衣が手招く。彦三郎は結衣の大刀を鞘ごとつかむと中に入った。

屋敷は二階建てであった。一階に明かりが点《つ》いている。

「いやっ、誰か、助けてくださいっ」

いきなり、美奈の悲鳴が聞こえてきた。目を覚ましたのだ。

彦三郎と結衣は屋敷に迫る。そして正面の扉を開こうとすると、扉が開き、腰巻一枚の美奈が飛び出してきた。

「あっ、美奈さんっ」

「倉田様っ」

弾む乳房に思わず目を奪われ、それゆえ、ほんの一瞬、動きが遅れた。

美奈の腕をつかみ、抱き寄せる前に、褌一丁《ふんどしいっちょう》の坊主の男が美奈を背後から捕らえていた。弾む乳房をつかみ、屋敷の中に引きずりこもうとする。

「放せっ」

と、結衣が迫るが、剛造が動きを止めた。

「それ以上、近寄ると、きれいな顔に傷がつくぜ」

剛造は匕首《あいくち》を手にしていた。その先端を美奈の頬に向けている。

「やめなさいっ」

と、結衣が言う。剛造がじろりと結衣の躰を見やる。

「しかし、なんてそそるかっこうをしているんだい」

剛造の目がねっとりと、さらしとおなごの下帯だけの結衣の躰に注がれる。それでいて、匕首を持つ手に隙はない。

「剛造、おまえ、なにをやっているんだっ。すぐに、美奈さんから匕首を引くのだっ」

彦三郎がにらみつける。

「倉田様、このそそるおなごの方は、倉田様のこれですかい」

もう片方の手をあげて、小指を立てる。

すると、ずっと怯《おび》えて救いの目を彦三郎に向けていた美奈の目が、結衣に向かった。

「剛造、このことは、滑方どのも知っているのか」

「まさか。私が勝手にやっていることですよ」

「おまえ、どうして」

奥から別の男が出てくる。こちらも褌一丁になっている。どうやら黒装束を脱いだようだ。

「ほう、これはこれは」

褌一丁のふたりの男たちの目も、結衣の躰に向けられる。

そこで結衣が、ずっと大胆な姿のまままここまで来たことに気づく。

ずっと見ていたのですね、と結衣がちらりと彦三郎を見た。その目に、美奈の瞳に悋気《りんき》の光が一瞬宿った。

「扇屋に押しこんで、扇屋から千両箱をたらふくいただいて帰るつもりが、まさかおなごの用心棒に、倉田様までいらっしゃるとは……ついてませんぜ」

剛造の視線は結衣から離れない。

「どうして、このようなことを」

「金ですぜ、金。旦那《だんな》もご存じのように、岡っ引きの稼ぎなんて、煙草銭《タバコせん》にもなりはしませんぜ。せいぜい十手《じって》をちらつかせて、小銭を稼ぐくらいで」

「おまえはお上《かみ》に仕えているのだぞ。お上から十手を預かっているのだぞ。十手を預かった身で、押込なんてなにをやっているのだっ」

「けちな生き方をするのに飽きたんですよ。千両箱を四つばかりいただいて、江戸から出ようと思っていたところに邪魔が入ったから、行きがけの駄賃がわりに、この美形の娘をいただいてきたということですよ。ほら、美形だけではなく、いい乳をしている」

　そう言いながら、剛造が彦三郎と結衣の前で美奈の乳房をつかんだ。

「あうっ……く、倉田様」

　美奈がすがってくる。助けてください、と美しくすんだ瞳で訴えかけてくる。

「乳から手を放しなさいっ」

　と、結衣が叫ぶ。

「それは無理な話ですぜ、お武家様。こんないい乳、めったに揉《も》めませんぜ。ほら、五郎《ごろう》、おまえも揉んでみろ。手間賃だ」

　左の乳房を揉みしだきつつ、剛造が屈強な躰をした男にそう言う。

　ありがてえ、と五郎と呼ばれた男が、右のふくらみに手を伸ばす。

「やめろっ」

　と、彦三郎と結衣が叫ぶなか、無骨な五本の指が、白くて美麗なふくらみに食いこんでいく。

「あう、うう……彦三郎様……ああ、こんな美奈、ご覧にならないでください」

乳をさらし、さらにさらした乳をふたりのごろつきに好き勝手に揉まれて、美奈は美しい瞳に涙を浮かべている。

「やめろっ。おまえ、打首になりたいのかっ」

「あの世に往《ゆ》くのはどっちですかねえ、倉田様」

剛造は余裕を見せている。町のごろつきとして悪行を重ねてきた剛造のほうが、今宵《こよい》はじめて人を斬った武士より肝《きも》が据わっていた。

「乳を揉みたいなら、私の乳を揉むがよいっ」

そう言うと、結衣は大刀を鞘ごと彦三郎に渡し、そして自らの手で胸もとのさらしを取りはじめた。

これには、剛造たちも驚いた。

美奈の乳房を揉む手が止まり、結衣の胸もとに視線を向ける。隙ができたか、と鯉口《こいぐち》を切ろうとすると、

「旦那、刀を足下に置いてください」

と、結衣の胸もとを見ながら、剛造がそう言った。

それでも大刀を抜こうとすると、

「ひいっ」

と、美奈が叫んだ。美奈の頬に向けられていた匕首がすうっと動き、鎖骨《さこつ》をひと撫でしたのだ。白い肌にひとすじ鮮血が浮かびあがった。

「なにをするっ」

「倉田様だから情けをかけて、頬から鎖骨に変えたんですぜ。本来なら、もう、この娘の顔は二度と見られなくなっていましたぜ。さあ、刀を置いて」

褌男に羽交い締めにされたままの美奈の躰が、瘧《おこり》にかかったようにぶるぶる震えている。その震えが止まらない。

「もっと、血を見たいですかい」

剛造の持つ匕首が乳房へと動く。

やめろ、と彦三郎は大刀を鞘ごと足下に落とした。結衣の大刀と合わせて、五郎がすばやく手に取り、遠くに投げる。

「へへへ。刀なしじゃ、おふたりとも赤子も同然だな」

にやつく剛造の前で、結衣がさっとさらしを取った。

見事なお椀形の豊満な乳房が月明かりの下に、あらわになった。

「ほうっ、これは」

男たちが目を見張る。

「さあ、美奈さんを放して、私の乳を揉むがよいっ」

結衣は凛とした眼差《まなざ》しでごろつき達をにらみつけ、そう言った。

「いくらお武家様が美形でも、揉むがよいっ、と命令されて、はいはいと揉む野郎はいませんぜ。なあ、猪吉《いのきち》」

と、ずっと美奈を羽交い締めにしている猪首《いくび》の男に向かってそう言う。

「そうだな。旦那様、揉んでくださいい、と頼まれないとな」

と答え、いひひと笑う。その声を耳もとで聞き、美奈が今にも気を失いそうになる。気を失わないのは、匕首が乳房に迫っているからだろう。大切な乳に傷をつけられたら、行かず後家となるだろう。

「さあ、はやく揉めっ」

と、結衣が言う。結衣もぎりぎり気を張った状態だった。美奈を救いたい一心で、乳房をさらしているのだ。ちょっとでも気が抜けたら、羞恥《しゅうち》で逃げ出してしまうだろう。

「揉んでくださいだろう、お武家様」

「調子に乗るなっ、剛造っ」

彦三郎が一歩前に出る。すると、美奈の乳房を揉みくちゃにしている五郎が丸太のような腕を突き出してきた。胸板を押され、彦三郎はよろめく。

「私の乳を……も、揉んで……」

ください、と結衣が言う前に、彦三郎は五郎に突っかかっていった。乳を出させただけではなく、ごろつきたちに向かって揉んでください、とおねがいさせたくはなかったのだ。

「この野郎っ」

と、五郎に飛びかかったが、太い握りこぶしが、いきなり彦三郎のあごに炸裂《さくれつ》した。

「ぐえっ」

一発で、脳天に火花が散った。ふらついたところを、鳩尾《みぞおち》に握りこぶしをくらう。うぐっ、と彦三郎は膝を折った。

彦三郎様っ、倉田様っ、と結衣と美奈の案じる声が遠くに聞こえる。

「色男も刀なしじゃ台なしですぜ、倉田の旦那」

そう言うなり、剛造が彦三郎のあごめがけ、蹴りを入れてきた。ぐえっ、と背後に倒れる。おなごの下帯だけになっている結衣の躰と腰巻だけの美奈の躰を見あげる。

どちらの乳房も豊満で底が見事に盛りあがっている。

「私の乳を……揉んでください……」

と、結衣が言った。

「う、うう……結衣どの……いけません……そのようなこと……言ってはいけません」

「うるさいぞ、色男」

剛造が仰向《あおむ》けに倒れて動けない彦三郎の腹を踏もうとする。すると、

「やめなさいっ」

と、結衣が剛造の足を自らの足で払った。不意をつかれた剛造がひっくり返る。

結衣はそのままの勢いで、美奈を羽交い締めにしている猪首男に飛びかかろうとした。

だが、そのくびれた腰に、五郎が突っこんできた。

「あうっ」

勢いのまま倒される。五郎はそのまま結衣の腰を跨《また》いで乗った。

「威勢のいいおなごだな。好きだぞ」

にやりと笑い、真上からふたつの乳房をつかんでいく。

「や、やめろ」

彦三郎は起きあがろうとする。だが、先に起きあがった剛造が彦三郎のあごに強烈な蹴りを炸裂させた。

目の前が真っ白になった。

五

「私の乳を揉んでくださいっ」

結衣の声が脳天に響き、彦三郎ははっと目を開いた。

目の前に、ふたつの躰があった。どちらも天井より下がった縄に両手首を縛られ両腕を吊《つ》りあげられていた。

向かって右手に美奈が、左手に結衣が吊りあげられていた。ぎりぎり足の裏が床についている。ふたりとも変わらず乳房をあらわにさせていたが、腰巻もおなごの下帯もつけたままだった。

今、剛造、猪吉、五郎の三人の手が、美奈の乳房に群がっていた。

上向きに反った豊満なふくらみが、無骨な手で揉みくちゃにされている。

「私の乳を揉んでくださいっ」

結衣が懸命に訴えている。

「あっ、倉田様っ、倉田様っ」

彦三郎が目覚めたのに気づいた美奈が、すがるような目を向けてくる。

「剛造っ、やめろっ」

起きあがろうとして、両腕も両足も縛られていることに気づく。

両腕はうしろ手に縛られ、両足は揃《そろ》えて足首を縛られていた。

ここはあの屋敷の中だろう。二十畳ほどある広々とした座敷に、彦三郎はころがされていた。

「起きましたかい、旦那」

「美奈さんから離れろっ」

「威勢がいいですねえ、旦那」

と言いつつ、剛造が見せつけるように、こねるように美奈の乳房を揉んでいる。

「あ、ああ、倉田様っ、倉田様っ」

美奈が泣き濡れた瞳を彦三郎に向けてくる。

「やめろっ。やめるのだっ、剛造っ」

縄から逃れようともがくが、縛りなれているのか、もがけばもがくほど、縄がきつく食い入ってくる。

「剛造っ、私の乳を揉みなさいっ。すぐに、美奈さんから離れなさいっ」

隣で吊りあげられている結衣が叫ぶ。

すると剛造が美奈の乳房から手を引き、結衣へと迫る。

「そんなに、俺に乳を揉まれたいかい、お武家様」

あらわな腋《わき》の下を撫でつつ、名前を教えてくれないか、と剛造が結衣に聞く。

「あ、ああ……」

腋の下を撫でられ、結衣が吊りあげられている両腕をくねらせる。

「ここ、感じますかい、お武家様」

剛造がにやにやしつつ、汗ばんだ腋のくぼみを撫でつづける。

「ゆ、結衣と……申します」

腕をくねらせつつ、結衣が名乗った。

「結衣様ですか。いい名前だ」

と言うなり、むんずと乳房をつかんでいった。すると、触るなっ、と結衣がいきなり膝蹴りを見舞った。

剛造の股間を直撃し、ぐえっ、と剛造がその場に崩れた。

さらに、結衣は膝をついた剛造の顔面を蹴る。ぎゃあっ、と鼻から血を流し、剛造が仰向けに倒れる。

「なにをするっ」

と、五郎と猪吉が血相を変えて、結衣に迫る。

結衣は右足を振りまわして、五郎たちを威嚇《いかく》するも、五郎が足首をつかんだ。

そのまま、足首をひねりはじめる。

「う、ううっ」

「やめろっ。折るんじゃないっ」

彦三郎が叫ぶなか、

「なにをしているっ」

と、座敷に野太い男の声が響いた。

「誰だい」

と、結衣の足首を持ったまま五郎が聞く。

「滑方様だっ……うう、あっしの親分だっ」

鼻から血を流しつつ、剛造がそう言うと、親分ですかいっ、と五郎と猪吉が叫んだ。

「おなごの足から手を引け」

と、南町奉行所定町廻り同心の滑方が言う。はい、と五郎が足首から手を放した刹那《せつな》、えいっ、と結衣が足の先端を振りあげた。見事に五郎のあごに炸裂して、ぐえっ、と一撃で崩れた。

「これは、これは」

と、滑方が拍手をする。拍手しつつ、寄ってくる。

「滑方どの……真《まこと》に、滑方どのなのですか」

滑方の姿をこの目で見ても、彦三郎はにわかには信じられなかった。確かに、奢侈《しゃし》禁止令をいいことに、贅沢《ぜいたく》している町人につけこんで懐を潤《うるお》わせてはいたが、扇屋に押込をかけることまでするとは、信じられなかった。

むしろ、懐が潤っているだけに、そんな悪行をするとは思えなかった。

「倉田どのか。なにゆえ、扇屋にいたのだ」

ころがされたままの彦三郎の顔の上に立つ。

「用心棒を頼まれた坂木結衣どのの陣中見舞に顔を見せたのです」

「ほう、このおなごが結衣どのと申されるのか。しかし、倉田どのもやるではないか。このような美形のおなごがいたとはのう」

と言いつつ、滑方はまさに舐《な》めるように、吊られている結衣の躰を見つめている。だが、そばには寄らない。剛造が鼻をつぶされ、五郎が一撃で崩れているのを見ているからだ。

「それは、おなごの下帯というものか」

と、滑方が結衣に問う。

「すぐに、縄を解きなさいっ」

結衣は乳房をさらしつつも、凜とした眼差しで滑方を見つめ、そう言った。

「わしのほうが先に聞いているのだがな。それはおなごの下帯というものか」

「縄を解くのだっ、滑方っ」

結衣が美しい黒目で、滑方をにらみつける。

「倉田どの、口の利き方を教えておいたほうがよいぞ。美形だが、ちと生意気であるな」

滑方は着流しに、腰に大小をさしていた。すらりと大刀を抜くなり、しゅっと美奈の股間に向けて振った。

ひいっ、と美奈が叫ぶなか、腰巻がはらりと落ちていった。

美奈の股間があらわになる。かなり濃いめの毛が、恥丘や割れ目を覆《おお》っていた。

「ほう、これはこれは。毛が濃いおなごは情けが深いと申すぞ、美奈」

そう言いつつ、滑方は美奈に近寄る。美奈は結衣とは違い、足蹴りなど見舞わない。

滑方がそろりと美奈の恥毛を撫でた。

ひいっ、と声をあげ、美奈が腰を引く。

「それは、おなごの下帯というものなのかな」

美奈の草叢《くさむら》をなぞりつつ、滑方が聞く。

「お、おなごの……下帯です」

「そうか。しかし、私のかわいい子分をかわいがってくれたよな」

剛造はいまだに尻餅《しりもち》をついたままだ。鼻血は止まったが、鼻がつぶされてしまっている。

「す、すみません……」

「血を拭《ふ》いてやってくれないか」

そう言うと、滑方は猪吉に美奈の手首の縄を解くように言った。へい、とひとりだけ無傷の猪吉が美奈のほっそりとした手首に巻かれた縄を解く。すると、美奈はその場にしゃがみこんだ。

右手で乳房を抱き、左手の手のひらで恥部を隠す。

「美奈、剛造の血をきれいにしてやってくれ」

と、滑方が言う。美奈がしゃがんだまま動かずにいると、

「猪吉、口を吸ってよいぞ」

と、滑方が言った。

「いいんですかい、旦那」

「ああ、吸いまくってやれ」

と、滑方が言い、へへへ、と猪吉がしゃがんでいる美奈の髪をつかみ、ぐっと引きあげた。

蒼白《そうはく》の美貌をさらすと、猪《いのしし》のような面《おもて》を寄せていく。

やめろっ、やめなさいっ、ひいっ、という三人の声が重なった。

「血をきれいにしますっ」

と、猪吉の口が吸いつく直前で美奈が叫び、それを聞いた滑方が美奈に口を押

しつけようとしている猪吉の側頭部を蹴った。

美奈の可憐《かれん》な唇が猪面《いのししづら》に穢される前に、猪吉が倒れる。

美奈は剛造に近寄った。鼻血だらけの顔を見つめる。

鼻がつぶされ、異様な面相になっている。

「舐めてくれるかい。あんたを攫って裸に剝いた野郎の血を舐めてくれるかい」

美奈の裸体ががくがくと震えている。美奈が彦三郎を見やる。畳にころがされたままの彦三郎とちょうど目が合う位置だった。

やめろ、とは言える。でも、言うだけだ。なんの助けにもならない。

彦三郎はおのれのふがいなさに腹が立つ。少なくとも、結衣は剛造の鼻をつぶし、五郎を失神させている。

ところが、彦三郎は芋虫《いもむし》のようにころがされているだけだ。

彦三郎がなにも言わないのを見て、美奈が寂しそうな表情を浮かべる。そして、舐めます、と言うなり、桃色の舌を出した。

蒼白の美貌を寄せて、つぶれた鼻の下をぺろりと舐める。

「ああ……」

剛造の顔が歪《ゆが》む。

「痛みますか」

「いや、大丈夫だ。舐めてくれ」

はい、と美奈が鼻の下から口のまわりを舐めていく。すると、剛造が口を美奈の唇に押しつけていった。

「やめろっ」

彦三郎が叫ぶなか、美奈は剛造の口を唇で受けている。舌を出し、口についた血を舐めはじめる。

するとそこに、剛造が舌をからめていく。

「ああ、やめろっ。やめるんだっ」

彦三郎の声が虚《むな》しく響く。

「おや、この生意気なおなごがおまえの女かと思ったが、違うのかい、倉田」

大刀を鞘に納めると、滑方がしゃがんできた。

美奈が舌を引き、あごについた血を舐め取っていく。

「結衣っ、おまえは倉田の女ではなかったのか」

と、吊りあげられたままの結衣を見あげて、滑方が問う。

「結衣どのも美奈さんも俺のおなごではないっ」

と、結衣が答える前に、彦三郎はそう言った。

「そうか。しかし、よい乳だ」

と言って、わきより美奈の乳房をつかんでいく。そして、彦三郎に見せつけるように揉んでいく。

「滑方どのっ、いったいどういうつもりなのだっ。定町廻りが扇屋に押しこむなんて、正気の沙汰《さた》じゃないぞ」

滑方はそれには答えない。にやにや笑いつつ、美奈の乳房を揉みつづけている。

顔をさらしてこの広い座敷に入ってきた滑方を見たとき、こいつは俺を斬る気だ、と思った。扇屋に押込をさせた首謀者だと言っているのだ。

罪から逃れるのなら、彦三郎を殺すしかない。いや、懐柔《かいじゅう》するつもりか。

「美奈、倉田どのを慰めてやれ」

と、滑方が言った。

剛造のあごの血を舐めていた美奈がはっとして滑方を見やり、そして彦三郎を見つめてくる。

「な、慰める……」

「そう。あの世に往く前の、最後の晩餐《ばんさん》というやつだ」

「あの世に……」

「そう」

わかっているよな、と滑方が彦三郎を見つめてくる。

やはり斬る気か。懐柔する気はないようだ。

「安心しろ。結衣の命は俺が預かる。結衣、おまえ、美形に生まれてよかったな。醜女《しこめ》だったら、倉田ともども、あの世往きだったぞ。なあ、猪吉」

と、滑方が言う。そうですね、へへへ、と猪吉が笑う。

「おまえなんかのおなごにはならない。なるくらいなら、彦三郎様ともども、喜んで、あの世に往かせてもらうっ」

と、結衣が叫んだ。

「そうはさせない。おまえのような上物《じょうもの》は高く売れる」

「誰にも買わせないっ」

結衣が叫ぶなか、滑方が美奈に彦三郎の着物を脱がせろと命じる。

「魔羅《まら》を出せ、美奈」

「そ、そのようなこと……」

できません、と美奈がかぶりを振る。

「では、ここで俺の魔羅をしゃぶるか」

ひいっ、と美奈が悲鳴をあげる。

「倉田の魔羅と俺の魔羅、どっちをしゃぶるか」

「く、倉田様の……御魔羅を……」

と、震える声で、美奈が答える。

「よかったな、倉田どの。よい冥土《めいど》の土産《みやげ》になりそうだな」

滑方が笑うなか、美奈が彦三郎の着物の帯に手をかけてきた。

第五章　じゃじゃ馬ならし

一

「や、やめるのだ、美奈さん」

彦三郎がそう言うなか、美奈は震える指で帯を解《ほど》き、着物の前をはだけていく。

剣の稽古《けいこ》で鍛えられた上半身があらわれる。

美奈が下帯《したおび》に手をかけてきた。

「美奈さんっ、やめろっ」

「倉田、美奈の尺八《しゃくはち》を受けないで、あの世に往《ゆ》くか」

滑方が鯉口《こいぐち》を切ろうとする。

「待て」

と、彦三郎は言った。

「尺八を受けさせてくれ」

時を稼ごうと思ったのだ。滑方は懐柔《かいじゅう》することなく、彦三郎を斬《き》る気でいる。

彦三郎の性格を知っているからだ。悪の側にはつかないと。

美奈が下帯をはずしていった。すると、魔羅《まら》があらわれた。緊張ゆえか、結衣と美奈の裸体を前にしても縮こまっている。

「ほう、どうした、倉田。美奈の乳がそばにあるのだぞ。大きくさせい」

彦三郎は美奈の乳房を間近に見ているものの、魔羅は縮こまったままだ。

「倉田、おまえ、もしや、おなご知らずか」

と、滑方が聞いてきた。彦三郎がなにも答えないでいると、

「なるほどな。生真面目《きまじめ》なおまえのことだから、おなごを買ったりはしていないと思っていたが、あの生意気なおなごの剣客ともまぐわってはいないようだな」

滑方が結衣を見やり、彦三郎も結衣に視線を向ける。

「すぐに縄を解きなさいっ。定町廻《じょうまちまわ》り同心として恥ずかしくないのですかっ」

結衣が気丈《きじょう》に、そう問いかける。

「恥なんて一文にもならぬぞ、結衣」

滑方が立ちあがり、結衣に迫る。

「猪吉、じゃじゃ馬の足を押さえておけ」

へい、と猪吉が結衣のわきより丸太のような腕を伸ばしていく。

結衣が蹴《け》りを見舞おうとするが、正面ほど力が出ない。蹴りを一度避けると、猪吉のほうからふくらはぎを捕らえた。躰《からだ》ごと、両足をかかえる。

「放せっ」

「ああ、いい肌触りですぜ、旦那《だんな》」

猪吉は結衣の両足にしがみついたまま、鼻を太腿《ふともも》にこすりつけていく。

「やめろっ」

「ああ、いい匂いがしますぜ」

猪吉がくんくんと結衣の太腿の匂いを嗅《か》いでいるなか、滑方が結衣の背後にまわり、上向きに反っているふたつのふくらみをむんずとつかんでいった。

「あうっ……」

「おう、これはいい」

彦三郎に見せつけるようにして、こねるように揉《も》んでいる。

美麗なお椀形《わんがた》のふくらみが、滑方の手によって淫《みだ》らに形を変えていく。

彦三郎は、見てはいかん、と思いつつ、つい、見てしまう。

「や、やめなさい……ああ、やめるのです」

「恥なんて考えていたら、こうして極上の乳を揉むこともできぬぞ。恥を捨てているから揉めるのだ」

滑方はにやにや笑いつつ、結衣の乳房を揉みしだきまくる。

すると、彦三郎の魔羅が反応をはじめた。ぐぐっと勃起してきたのだ。

「く、倉田様……」

目の前で大きくなる魔羅を、美奈は驚きの目で見つめている。

「ほう、倉田はやはり、おなごの剣客が好きなようだな。美奈の乳を見ても大きくならなかったが、結衣の乳が揉まれるのを見て大きくさせておる」

「倉田様……」

美奈が悋気《りんき》の目を向けてくる。

そして、美貌《びぼう》を寄せてきた。ちゅっと裏のすじに唇を押しつけてくる。

すると、せつない痺《しび》れが走った。

「う、うう……」

彦三郎は思わずうなる。だが、その視線はおなごの下帯だけの結衣の躰から離れない。

　すると、美奈が大きく舌を出して、裏のすじをぺろぺろと舐《な》めてきた。

「あ、ああ……美奈さん」

　彦三郎は美奈を見る。美奈を見るということは、裏すじを舐めている美奈を見るということだ。

「ああ、なんと……」

　さらにぐぐっとたくましくなってくる。

「ああ、うれしいです……美奈を見て大きくさせているのですね、倉田様」

　美奈が彦三郎を見つめつつ、鎌首《かまくび》の先っぽを舐めはじめる。

「ああっ、そ、そこはっ」

　彦三郎の声が裏返り、ここが急所だと思ったのか、美奈はねっとりと先っぽを舐めてくる。

「なかなか、うまいじゃないか、美奈。尺八、やったことがあるのか」

　しつこく結衣の乳房を揉みつつ、滑方が聞く。

「はじめてです……殿方の魔羅を見るのも、舐めるのも、はじめてです」

　羞恥《しゅうち》のため息を洩《も》らすように、美奈がそう答える。

「そうか。やはりおなごは魔羅に奉仕するようにできているのだな。はじめてでも、急所がすぐにわかるようだ。なあ、猪吉」

と、結衣の太腿にあぶらぎった頰《ほお》をこすりつけ、うっとりとしている猪吉に問う。

「へい。おなごは魔羅が大好きですからね」

へへへ、と言って、ぺろりと太腿を舐める。

「や、やめろ……」

と言った結衣の声が、甘くかすれていた。

その声に、結衣はもちろん、滑方や彦三郎ははっとなった。

「ほう、感じてきたか。意外と好き者なのか」

「竹刀《しない》より、魔羅扱いのほうが好きかもしれませんぜ、旦那」

と、猪吉が言う。

「美奈、おなご知らずの倉田に、おなごの乳を教えてやれ」

先っぽを舐めつづける美奈に、滑方がそう言う。

美奈は、はい、と返事をすると、股間から美貌をあげて、彦三郎の顔のそばに膝《ひざ》を動かした。

失礼します、と言って、彦三郎の頭を起こすと、膝の上に乗せた。そして、たわわに実った乳房を、彦三郎の顔面に寄せてきたのだ。

「な、なにを……す、う、うう……」

する、と言う前に、美奈の乳房で顔面が押さえられた。

「う、うう……」

美奈の甘い匂いに顔面が包まれる。やわらかいふくらみで、ぐりぐりと顔面をこすられる。

「どうだ、乳は、倉田」

「うっ、うう……」

「魔羅が動いているではないか。美奈の乳、好きなのか。魔羅が構ってほしそうにしているな。ふたつ巴《どもえ》をしてやれ、美奈」

と、滑方が言う。

「ふたつ、巴……ですか」

美奈が乳房を彦三郎の顔面にこすりつけつつ聞く。

「おまえは魔羅を舐めて、倉田に女陰《ほと》を舐めてもらうのだよ。ほら、逆向きに跨《また》がるんだ」

滑方はずっと結衣の乳房を揉んでいる。白いふくらみのあちこちに、滑方の手形が浮きあがっている。

美奈が彦三郎の顔から乳房を引きあげた。乳輪に埋《うず》まっていた乳首がつんととがっている。

美奈は、ごめんなさい、と彦三郎に謝り、裸体の向きを変えると、畳にころがされたままの彦三郎の顔面を、今度は足で跨《また》いできた。

彦三郎の目の前に、濃いめの草叢《くさむら》があらわれる。それが迫ってくるとともに、乳房の甘い匂いとはまた違った、牝《めす》の匂いが薫《かお》ってきた。

ごめんなさい、と美奈が恥部を彦三郎の顔面に押しつけてきた。と同時に、鎌首を咥《くわ》えてくる。

「うっ、ううっ」

顔面と魔羅。一度にふたつの刺激を受けて、彦三郎は縛られている躰を震わせる。

美奈は鎌首を含むと、じゅるっと吸ってくる。吸いながら、草叢をぐりぐりと彦三郎の顔面に押しつけてくる。

「う、うう……うぐぐ……」

「うれしそうではないか、倉田」

「彦三郎様……」

結衣の声が聞こえるが、どんな顔でこちらを見ているのかわからない。彦三郎の目の前には草叢しかないのだ。

「倉田、冥土《めいど》の土産《みやげ》に、生娘《きむすめ》の女陰を舐めるのだ」

と、滑方が言い、生娘なのであろう、と美奈に問う。

美奈は鎌首から唇を引き、はい、と答える。そのとき、草叢からむっと牝の匂いが薫った。

生娘でありつつも、男を誘う匂いを草叢の奥から出している。

「おなご知らずだから、おまえが割れ目を開いてやれ」

と、滑方が言う。すると、美奈は素直に従った。再び鎌首を唇に含みつつ右手を股間にやると、少しだけ股間をあげ、そして草叢に指を沈めた。

次の刹那《せつな》、彦三郎の目の前に、桃色の花びらがひろがった。

「こ、これはっ」

彦三郎は感嘆の声をあげていた。もちろん、無垢《むく》な花びらを目にするのは、はじめてではなかった。おなご知らずとはいえ、結衣の花びらを間近に見て、舐めてもいた。

だが、それでも感嘆の声をあげてしまう。美奈の花びらが結衣の花びらより可憐《かれん》だとかそういうことではなかった。どちらの花びらも素晴らしかった。うならずにはいられないほど、まったく穢《けが》れを知らない美しい花びらであった。

だが、滑方ははじめて見るからうなっていると勘違いしているようだ。

「どうだ、はじめて見る女陰は。気に入ったか」

彦三郎は答えず、じっと美奈の花びらを見つめている。すると、恥ずかしいです、ご覧にならないでください、と美奈が剝《む》き出しの花びらを彦三郎の顔面に押しつけてきた。

「う、うう……うぐぐ」

今度は草叢ではなく、じかに、処女の花びらの感触を顔面に感じていた。

「ああ、お汁が」

我慢汁を出したのか、それを美奈が舐め取る。当然、先っぽをぺろりと舐めることになり、花びらを顔面に感じつつ、彦三郎はうめく。するとまた、あらたな我慢汁が出てくる。

「どんどん出てくるな、倉田。男になりたいか」

と、滑方が聞く。

「男になって、あの世に往きたいか」

「う、うう、うう」

男になりたい、と口にしたが、うめき声にしかならない。なんとも情けない。

だが、我慢汁はとめどなく出ている。

「美奈、女陰をあげろ」

と、滑方が言い、美奈が花びらを浮かせる。

二

「なりたいっ。男になりたいっ」

と、彦三郎は叫ぶ。

「情けない野郎ですぜ」

と、猪吉が言う。相変わらず、結衣の太腿を舐めている。

「よかろう。しかし、美奈は御前様に進呈するために攫《さら》ったのだからな。生娘でないと困るな」

と、滑方が言う。

「御前様……おまえの上に誰かいるのだなっ」

やはり、そうか。滑方が首謀者ではないのだ。

「さてな。口が滑ったな。まあ、よいか。おなご知らずのままだろうが、おなごを知ることになろうが、いずれにしろ、おまえはあの世往きだからな」

滑方がようやく結衣の乳房から手を引いた。

お椀形の美麗なふくらみには、手形の痕《あと》が無数についていた。だが、それが白いふくらみに、なんとも言えない妖《あや》しさを彩らせていた。

「起きろっ、五郎。いつまで寝ていやがる」

結衣の蹴りを受けて伸びた五郎のあごを滑方が蹴った。ぐえっ、とうめき、五郎が目を開く。目を覚ました五郎は、この阿魔《あま》っ、と起きあがり、結衣に突っかかっていく。

ずっと太腿をかかえていた猪吉が両腕を解くなり、結衣が真正面から迫る五郎の顔面を蹴りあげていった。

「ぎゃあっ」

鼻をつぶされ、剛造同様、鼻血を出しつつ、ひっくり返る。

「情けねえ野郎だ。両手を縛られたおなご相手にふたりして、鼻をつぶされていやがる」

剛造と五郎をにらみつける。すいやせん、とふたりが、ばつが悪そうに頭を下げる。

「御前様とは誰だっ。冥土の土産に教えてくれっ」

と、彦三郎は叫ぶ。

「教えてやってもよいが、結衣と美奈も聞くことになるぞ。そうなると、このふたりもあの世に送らなければならなくなる」

滑方がそう言うと、ひいっ、と美奈が息を呑《の》む。美奈を抱き寄せ、優美な頬を撫《な》でつつ、

「美奈は助けたいだろう、倉田」

と言う。彦三郎は、助けたい、と言う。

「では、野暮な詮議《せんぎ》はしないことだ」

「御前様のことは聞かない。あの世に往く前に、おなごだけは知りたい。おなごを知って、あの世に往きたいっ」

と、彦三郎は懸命に訴える。

「美奈の処女膜を破らせるわけにはいかぬのだ」

「結衣どのと、結衣どので男にならせてもらえぬかっ」

と、彦三郎は叫ぶ。すると結衣が、

「彦三郎様っ」

と、名前を呼んできた。

「結衣で男になりたいのか」

「なりたいっ。おなご知らずで死にたくはないっ」

彦三郎は結衣の躰を見つめつつ叫ぶ。あらたな我慢汁を大量に出している。

「ああ、おなごを知らずに、あの世になんて往きたくないぞっ」

と叫びつつ、彦三郎は涙をにじませていた。

「情けない野郎だな」

滑方があきれたようにそう言う。猪吉たちも、情けねえ、と軽蔑《けいべつ》の目を彦三郎に向けている。男たちだけではない。美奈も信じられない、という目で彦三郎を見ている。

「しかし、結衣の処女膜も破るわけにはいかぬな。御前様への貢《みつ》ぎ物としては上物《じょうもの》だからな」

「私は、生娘ではありませんっ」

と、結衣が言った。えっ、と滑方や剛造たちが結衣に目を向ける。

「殿方を知っています。だから……彦三郎様のはじめての……そして最後のおなごにさせてください」

結衣は彦三郎を見つめつつ、そう言った。

「結衣どのっ」

彦三郎の魔羅がひくついた。

「ああ、結衣どので男にさせてくれっ、滑方どのっ。頼むっ。最後の願いだっ」

「わかった、倉田。最後の願いを叶《かな》えさせてやろう」

彦三郎の叫びは演技であった。結衣を自由にさせ、わずかでも反撃の機会を得るための演技であった。

しかし、そうなのだろうか。演技ではなく、心からの叫びであった。だから、滑方もおなご知らずで斬るのはかわいそうだと思ったのではないのか。

「猪吉、縄を用意しろ。剛造と五郎は結衣のわきに立て。縄を切ったら、すぐに押さえるのだ」

滑方は慎重であった。おなごひとりの両腕を自由にさせるためだけに、ふたりの男をわきにつけさせるのだ。

へい、と剛造と五郎が立ちあがった。ふたりとも鼻をつぶされ、鬼のような面相で結衣をにらみつけている。並のおなごなら、それだけでも震えあがるだろうが、結衣は凛《りん》とした眼差《まなざ》しでそれを受けている。

猪吉が縄を持ってきた。それを見て、滑方がすらりと大刀を抜き、そして、しゅっと振った。

結衣の手首に巻かれていた縄が切られ、結衣の両腕が自由になった。その刹那、右から剛造が、左から五郎が、結衣の腕をつかんでいた。

結衣は抗《あらが》わなかった。まっすぐ、彦三郎を見つめている。

もうすぐ、結衣で男になれる。いや、だめだ。このような状況でおなごになるなど、結衣にとって最悪である。

はじめての相手が、芋虫《いもむし》のようにころがされている情けない男でよいはずがない。

「両腕を背中にまわせ」

と、滑方が言い、へい、とふたりがかりで結衣のほっそりとした両腕を背中にねじあげていく。そして両手首を交叉《こうさ》させると、そこに猪吉が縄をかけていった。手首を縛り、あまった縄を二の腕から乳房へとまわしていく。

美麗なお椀形のふくらみの上下にどす黒い縄が食い入っていく。

「う、うう……」

結衣の美貌が一瞬、歪《ゆが》む。乳房の上下を絞りあげられ、ぷくっと乳首が充血していく。

「よいかっこうだ、結衣」

滑方が縄かけされた結衣の乳房をつかみ、揉みあげる。

「あうっ、あ、あんっ……」

結衣の唇から甘い声が洩れ、男たちがにやりと笑う。

「ほう、感じるか。縄化粧されて感じるか、結衣」

滑方がとがった乳首を手のひらで押しつぶすようにして揉んでいる。

「あ、ああ……はあっ、あんっ」

結衣の甘い喘《あえ》ぎが大きくなる。

彦三郎も滑方たちと同様に、驚きの目を向けていた。だが、これは演技なのだと思った。敵を安心させるための、甘い喘ぎなのだと。

だが、それにしては真に迫っている。股間にびんびん響くような喘ぎ声だ。女郎ならまだしも、結衣が演技であのようなそそる声を出せるだろうか。

「乳首がとがりきっておるのう」

そう言うなり、滑方が結衣の乳房にしゃぶりついていった。手下たちが見ているにもかかわらず、おなごに飢えきった男のように、ちゅうちゅうととがった乳首を吸っている。

「はあっ、あんっ……ああ、あんっ」

結衣の甘い喘ぎが静まり返った座敷に流れる。

「ああ、はやくっ、ああ、はやく、結衣どのの女陰に入れたいっ」

彦三郎は腰をくねらせながら、そう叫ぶ。

「倉田様……そんなに、結衣様を……」

美奈が少しつらそうな表情を見せる。

違うのだ、美奈さん。これはみな、演技なのだ。情けないのは、敵を欺《あざむ》くためなのだ。反撃の隙《すき》を作るためなのだ。わかってくれ、美奈さんっ。

「そう、あせるな、倉田。ちゃんとおなごを知ってから、あの世に送ってやるからな」

結衣の乳房から顔をあげて、滑方がそう言う。結衣の乳首は滑方の唾《つば》でねとねとになっている。

「ほら、行け」

滑方が結衣の尻をぱんっと張る。

あんっ、とよろめきつつ、うしろ手縛りの結衣がこちらにやってくる。おなごの下帯が食い入ったままの股間を見あげる形だ。

「ああ、結衣どの……ああ、結衣どの……」

「女陰を見たいか、倉田」

「ああ、見たい……ああ、結衣どのの、女陰を見たいっ」

すでに見ていたが、彦三郎は心より見たいと思った。演技でありつつ、演技ではない。本心なのだ。

「そのままで、顔を跨ぐのだ、結衣」

と、滑方が命じる。結衣が素直に従わないでいると、はやくしろっ、とぱんぱんっと尻たぼを張る。すると結衣は、あんっ、と甘い声をあげ、

「ご、ごめんなさい、彦三郎様」

と謝りつつ、すらりと長い足で彦三郎の顔面を跨いだ。

真上に、おなごの下帯が食い入った割れ目がある。かなり深く食いこんでいて、桃色の花びらがわずかにのぞいている。

「顔にこすりつけてやれ」

と、滑方が言い、結衣が膝を曲げる。おなごの下帯が食いこむ恥部が、彦三郎に迫ってくる。と同時に、濃いめの牝の性臭が薫ってきた。

さきほど、滑方に乳を揉みくちゃにされて甘い喘ぎを洩らしていたが、真《まこと》に感じていたのか。

間近に迫るおなごの下帯に、沁《し》みがついているのがわかった。これは、おなごの蜜か。

「ああ、またお汁が」

と言うなり、ずっとそばに正座をしていた美奈が、鈴口《すずぐち》からにじんだあらたな先走りの汁を啜《すす》るように舐めてきた。

「あぁっ……そ、それ……」

彦三郎がうめくと、結衣がいきなり恥部を顔面に押しつけてきた。ぐぐっと重みをかけてくる。

「う、うぐぐ、うう……」

これはなんだ。もしかして、美奈の汁啜りで感じたことに、悋気を覚えたのか。

まさか、結衣どのが悋気を……。

美奈はぺろぺろと鎌首を舐めつづけている。それゆえか、結衣がぐりぐりとおなごの下帯が食いこむ割れ目をこすりつけてくる。

すると下帯が食いこみすぎて、花びらがはみ出した。

彦三郎は舌を出し、花びらを舐める。すると、

「あっ……」

と、結衣がぶるっと下半身を震わせた。彦三郎はぺろぺろ、ぺろぺろとおなごの下帯からはみ出ている花びらを舐めつづける。

「ああっ……はんっ」

結衣が腰を浮かせる。彦三郎は花びらを追うようにして、舌を伸ばしていく。

「ああ、お汁がたくさん」

と言って、美奈がじゅるっと吸ってくる。そして、そのまま鎌首を咥えてくる。

「女陰を、ああ、結衣どのの女陰を見たいっ」

彦三郎は美奈の尺八に腰をうねらせつつ、滑方に訴える。

すると、滑方がおなごの下帯を、結衣の割れ目からぐっと引き剝《は》いだ。

三

蜜がねっとりと糸を引きつつ、結衣の花びらがあらわれた。

と思った刹那、割れ目が閉じた。

「ああ、開いてくれっ。結衣どのの女陰を見たいっ」

おなご知らず丸出しで、彦三郎は叫ぶ。

「美奈、結衣の割れ目を開いてやるんだ」

胴体まで咥えている美奈に、滑方がそう命じる。すると、美奈が胴体から唇を引き、結衣の剝き出しの恥部に手を伸ばしてきた。

ためらいを見せると、滑方が手を伸ばしてくる。

「美奈さんっ、開いてくださいっ」

と、結衣が美奈に頼む。美奈はうなずくと、震える指をぴっちりと閉じている割れ目に添え、くつろげていく。

彦三郎の前に、再び結衣の花びらがあらわれる。彦三郎の位置から見ると、まったく穢れを知らない女陰であることは一目瞭然であったが、滑方の位置からは花びらがよく見えず、処女だとはばれなかった。

彦三郎は思わず、結衣の花びらに鼻を埋めていった。自ら鼻をぐりぐりと花びらにこすりつける。

「あっ、ああっ」

結衣ががくがくと腰を震わせる。

「う、うんっ、うんっ」

鼻を埋めていると、無性に魔羅をここに突っこみたくなった。

「入れたいっ。ああ、入れたいっ」

「入れたら、あの世往きだぞ。よいのか、倉田」

「いいっ、いいっ。入れたいのだっ。魔羅をこの穴に入れたいのだっ」

彦三郎は結衣の花びらを前にして叫びつづける。

「死んでも入れたいなんて、哀れな旦那だぜ」

と、剛造が言う。

鼻をつぶされたやつに言われたくなかったが、仕方がない。確かに、哀れだ。

「よし、入れさせてやれ。冥土の土産に女陰の感触を楽しませてやれ、結衣」

と、滑方が言う。

結衣が膝を伸ばしていく。すると、すぐに割れ目が閉じて、処女の花びらが視界から消えた。

その刹那、結衣が滑方の股間に向けて膝をぶつけていった。不意をつかれた滑方がうなる間に、下からふぐりめがけ、蹴りあげていった。

「ぎゃあっ」

と叫び、滑方がひっくり返る。

結衣はうしろ向きで、滑方の腹に乗っかった。

「この阿魔っ、舐めたまねしやがってっ」

元気の有りあまっている猪吉がつかみかかってくる。

結衣はうしろ手で、脇差の柄《つか》をつかんだ。

長い足を振りあげ、猪吉を威嚇《いかく》しつつ、すらりと脇差を抜き、刃《やいば》でうしろ手の縄を切った。

乳房の上下に食いこんでいた縄が離れる。

結衣は脇差を持ち、立ちあがると、再びつかみかかろうとしてきた猪吉を、まったくためらうことなく袈裟懸《けさが》けに斬った。

「ぎゃあっ」

猪吉が叫び、斜めに斬られた躰から鮮血を噴き出し、ばたんとうつ伏せに倒れた。

「この阿魔っ」

剛造と五郎が起きあがろうとしたが、その前に結衣の刃が炸裂《さくれつ》した。

剛造は喉《のど》を突かれ、しゅうっと鮮血を噴き出しつつ、仰向《あおむ》けに倒れた。それを間近に見た五郎の肩にも刃が炸裂し、腕を切り落とされた。

「ぎゃあっ」

と叫ぶ五郎に、とどめの袈裟斬りが炸裂する。

「ひいっ」

美奈が悲鳴をあげ、白目を剝いて崩れた。ちょうど、彦三郎の魔羅の真横に美貌を倒していた。

「おのれっ」

ふぐり蹴りであぶら汗まみれになっている滑方が大刀を手に立ちあがった。

結衣が脇差を正眼に構え、向かい合う。

結衣の鎖骨《さこつ》から右の乳房にかけて、ごろつきたちの鮮血に染まっていた。

「まさか、容赦《ようしゃ》なく斬り捨てるとはな。おなごにしては、肝《きも》が据わっておるな」

「御前様というのは誰のことですか、滑方様」

切っ先を滑方に向けて、結衣が問う。滑方も切っ先を結衣に向ける。結衣は脇差、滑方は大刀だ。長さに差がある。そのぶん、滑方が有利であった。

実際、滑方は手下たちがあっけなく斬り捨てられても、余裕の表情を見せている。

「御前様……はて、誰のことかな」

「とぼけても無駄だ。あの世に往きたくなかったら、御前様の名を言いなさい、滑方っ」

結衣がじりっと間合いをつめる。気迫を感じたのか、滑方が少し下がった。

「あの世に往くのはどっちかな、おなご」

「御前様の名を言いなさい。そうしたら、命だけは助けてあげます」

「さてな」

滑方がまたもとぼけた刹那、結衣が一気に踏みこんだ。滑方の切っ先をはじきあげるなり、疾風《はやて》のごとき太刀《たち》捌《さば》きで、滑方の右手首を斬った。

鮮血が噴き出し、真正面から結衣の裸体にかかっていく。

滑方は左手だけで大刀を持ち、激痛に顔を歪めている。

「さあ、言いなさいっ、滑方」

「知らぬっ」

滑方が左腕一本だけで、結衣に斬りかかった。

結衣は難なく避けると、唐竹割りで斬った。

ぎゃあっ、と叫び、滑方は血飛沫《ちしぶき》をあげつつ、ふらふらと歩き、そして、ばたんと顔面から倒れていった。

「結衣どの……」

畳にころがされたままの彦三郎は、結衣の凄《すさ》まじい太刀捌きにただただ圧倒されていた。

結衣は喉から乳房、お腹やすうっと通った割れ目にまで鮮血を受けつつ、はあはあ、と荒い息を吐いている。

そのたびに、真っ赤に染まった乳房が大きく揺れていた。

四

もうひとり、結衣の太刀捌きに圧倒されている男がいた。井筒屋時次郎である。

大奥御用達《ごようたし》の扇屋をつぶすべく押込《おしこみ》に入って、そのあと、火を点《つ》けて母屋《おもや》ごと店を燃やしてほしい、と大金を積んで滑方に頼んでいた。

滑方は剛造に命じ、剛造が悪さをやっていた頃の仲間とともに、押込に入る手はずとなっていた。

万が一、押込や火付にしくじっても、娘の美奈だけは攫うように言ってあった。押しこむ刻限がすぎ、かなり時が経《た》っても扇屋から火の手はあがらず、しくじったのか、と娘を攫った場合、連れこむ手はずになっている向島の屋敷に来たのだ。そこで時次郎は、美貌の女剣客があれよあれよとごろつきたちを斬っていくのを、壁の節穴からのぞいていた。

脇差を手にごろつきたちを斬るおなごの姿は、神々《こうごう》しいばかりに美しかった。鮮血を浴びた乳房を弾ませ、根元で結んだ漆黒《しっこく》の長い髪を揺らし、しっとりと汗ばんだ腕で脇差を操《あやつ》る姿に、時次郎は息を呑んで見惚《みと》れていた。

時次郎は股間に痛みを覚え、勃起させていることに気づいた。

そして結衣が唐竹割りで滑方を斬ったとき、危うく射精しそうになった。

「ああ、なんてきれいな……おなごなんだ」

扇屋への押込をしくじった今、このおなごの剣客を捕らえ、鳥居耀蔵に進呈すれば、今度こそ間違いなく、御用達の金看板を手に入れることができると思った。

仁王立《におうだ》ちの結衣が我に返った表情となり、彦三郎に目を向けた。

「魔羅が……」

とつぶやいた。股間に目を向けると、天を衝《つ》いていた。それはかりではなく、大量の我慢汁まで流していた。

「結衣どの……これは……」

「私を見て、脇差を振る私を見て、そんなにさせているのですか、彦三郎様」

乳房や割れ目から鮮血を垂らしつつ、結衣が聞く。

「そ、そうだ……あまりに美しくて」

「美しい……こんな私が……」

「きれいだ、結衣どの」

彦三郎様、と結衣が脇差を振った。すると、うしろ手にかかっていた縄がはらりと落ちた。

結衣は足下でも脇差を振った。すると、足首に巻かれた縄も切られた。

「お役人を斬ってしまいました」

「そうだな」

彦三郎は上体を起こす。すると、脇差を捨てた結衣が抱きついてきた。

「四人も斬ってしまいましたっ」

そう言って、ぐりぐりと鮮血を浴びた乳房を、彦三郎の分厚い胸板に押しつけてくる。

結衣の乳首はずっととがりきっていた。斬っているときもそうだった。

もしや今、彦三郎が勃起させているように、結衣も大量に濡らしているのでは、と思い、結衣の恥部に右手を忍ばせた。ぬらりと血の感触を覚えたが、構わず指を入れていった。

すると、指先がぬかるみに包まれた。

「あっ……彦三郎様っ」

さらに結衣が強く抱きついてくる。

美貌が近い。

「よかったのでしょうか。これで、よかったのでしょうか」

と、聞いてくる。

「もちろんだ、結衣どの。よくやった」

と褒《ほ》めると、処女の花びらが動いた。

「ここはまだ、生娘のようだが」

冗談めかして、そう言った。

「はい……滑方にのぞかれたら、彦三郎様がすぐに斬られそうで、生きた心地がしませんでした」

滑方が結衣も生娘であると知ったら、彦三郎とつながせることはしなかっただろう。確かに、命はなかった。

「私のおなご知らずは真だ」

彦三郎は花びらを指先でいじりつつ、そう言った。

「泣いていらっしゃいましたものね」

そう言って、うふふ、とようやく結衣が笑った。人を斬った異常な昂《たかぶ》りが、やや収まったようだ。

「しかし、濡れておるぞ、結衣どの」

「真剣勝負をすると、躰が熱くなるのです。道場でも……そうです」

と、結衣が言った。

「道場でも……そう言えば、乳首を勃《た》たせていたな。このように」

と言って、彦三郎は左手で結衣の乳首を摘《つ》まんだ。

「あっ……」

結衣の裸体がぶるっと震える。血まみれの肌は汗ばみ、血の臭《にお》いをかき消すように甘い体臭がむんむん薫っていた。

「ああ……御前様というのは、いったい誰なのでしょうか」

「同心を動かしている輩《やから》だから、それなりの男だろうな」

「しかし、なぜ扇屋を。美奈さんを攫うためではないですよね。押込に入ったのですよね」

「そうだな」

大店《おおだな》だから狙《ねら》われただけなのか。それだけではないのか。

「彦三郎様……おなご知らずで、あの世に往きたくないのですよね」

結衣が彦三郎の顔をのぞきこむようにして、そう聞いてきた。

「そうだな」

「私に入れたい、私で男になりたい、とおっしゃいましたよね。あれは、真のことですか」

「真のことだ、結衣どの」

そう言うなり、彦三郎は結衣の唇を奪った。すると、待ってましたとばかりに結衣が唇を開き、舌を入れてきた。

「うんっ、うんっ」

「うっんっ、う、うんっ」

彦三郎と結衣は躰を押しつけ合い、お互いの舌を貪《むさぼ》り食らう。

人が四人もころがっているなか、血まみれの結衣と抱き合うのは不謹慎かもしれないが、不謹慎ゆえに、彦三郎も結衣も異常な昂りの中にいた。

そして異常な昂りの中ゆえに、ようやく、ひとつになれる気がした。

「ああ、結衣を今、おなごにしてください」

「わかった」

彦三郎はずっと勃起したままの魔羅の先端を、結衣の割れ目に当てていった。

やめろっ、と叫ぶのを、時次郎はぎりぎり我慢した。ここで、あのおなごの剣客が生娘でなくなったら、価値が一気に落ちてしまう、と思ったのだ。生娘でなければ、御前様も満足しないだろう。それではだめなのだ。

だが、止めに入るわけにもいかない。

「あっ、そこでは……ありません」

おなごの剣客がそう言う。やはり、あの男はおなご知らずのようだ。

「ここか」

と、彦三郎はあらためて鎌首を割れ目に押しつけ、結衣が、あっ、と声をあげたとき、その声で美奈が目を覚ました。

「あっ、倉田様っ」

美奈の声に、彦三郎はあわてた。今にも割れ目にめりこもうとしていた魔羅が、一気に萎《な》えていく。

「彦三郎様っ、くださいっ」

結衣は美奈が目覚めても構わずつながろうとしたが、大年増《おおどしま》の女陰ならいざ知らず、処女の割れ目に入れることは無理であった。

「あっ、こ、これはっ」

四人の男が斬られているのを見て、美奈は目を見張る。だが、今度は気を失わなかった。

それどころか、だめですっ、と叫び、萎えても魔羅の先端を割れ目に押しつけている彦三郎の腰に裸体をぶつけてきた。

あっ、と彦三郎はよろめいた。

「倉田様っ」

と、美奈が結衣の前で抱きついてくる。

彦三郎は思わず、美奈の裸体を抱き止める。

「ああ、怖かったですっ。ああ、怖かったですっ」

今度は美奈が豊かに実った乳房を、ぐりぐりと彦三郎の胸板に押しつけてくる。

「ああ、口吸いをっ、ああ、倉田様っ、口吸いをおねがいしますっ」

美奈がそう言い、瞳を閉じる。唇が待っている。

だが、すぐそばに結衣がいる。たった今、結衣とつながろうとしていたのだ。

それでいて、美奈と口吸いはさすがにできない。

「なにをしているのです、彦三郎様。美奈さんを落ち着かせてあげてください」

と、結衣が言う。落ち着かせる、というのは、口吸いをしてもよい、ということだろう。しかし、よいのか、結衣どの。

「彦三郎様」

と、結衣が背中を押す。彦三郎は押されるまま、美奈の唇におのが口を重ねていった。

すると、ぴくっと美奈の裸体が動いた。ぶるぶる震え出す。

舌で唇を突くと、美奈がわずかに唇を開いた。そこに舌を入れていく。

すると、頬に熱い痛みを覚えた。美奈の舌におのが舌をからめつつ横を見ると、結衣がにらみつけている。これはどういうことなのだ。

口吸いしてもよい、と言ったのは、結衣どのではないのか。

違うのか。俺の勘違いか。

「う、うんっ」

ためらいがちに舌をゆだねていた美奈が突然、強く舌をからめてきた。甘い吐息を洩らしつつ、ねっとりとからめてくる。

と同時に、彦三郎の背中に両手をまわし、さらに強く乳房を押しつけてくる。

「彦三郎様」

と、結衣が名を呼ぶ。結衣の美貌が迫ってくる。

「いつまで美奈さんと口吸いをしているのですか」

そう言うと、美奈と舌をからめつづけている彦三郎の口もとに唇を寄せてきた。

そして舌を出すと、ぬらりと口の端を舐めてきたのだ。

まさか、結衣どのがここまでするとは。四人も人を斬ったことで、まだまだ異常な昂りの中にいるようだ。

彦三郎は美奈の唇から口を引くなり横を向き、美奈の前で、今度は結衣の唇を奪った。すると、結衣のほうから舌を入れてきた。

「うんっ、うんっ」

火の息を吹きかけつつ、彦三郎の舌を貪ってくる。

正面からは、美奈が抱きついたままだ。さらに強く乳房をこすりつけてくる。とがった乳首がこすれるのか、はあっ、と甘い吐息を洩らしている。それが、結衣と舌をからめている彦三郎の耳にかかってくる。

息継ぎをするように口を引くなり、倉田様っ、と美奈が唇を寄せてきた。

正面を向くと、美奈のほうから押しつけてくる。

「彦三郎様」

結衣が彦三郎と美奈の間に手を入れて、ずっと勃起したままの魔羅をつかんできた。ぐいぐいしごきつつ、我慢汁だらけの先端を、ときおり手のひらでなぞる。

「う、うう……」

美奈と口吸いしつつ結衣にしごかれ、彦三郎はうなる。

美貌のおなごふたりを相手にして、一見、極楽のように見えるが、ふたりいるゆえ、どちらに入れるわけにもいかず、彦三郎はいまだおなご知らずであった。

時次郎はおなごの剣客と大店の箱入り娘と交互に口吸いをする男を、羨望《せんぼう》の目で見つめていた。

なんて幸せな男なのだ。しかし、おなご知らずと言っていた。入れる前に美奈が起きたからだ。ふたりの裸の美女に迫られ、おなご知らずのままとは、あの男もかわいそうである。

あのおなごの剣客の乳は極上だ。血飛沫を浴びたままの裸体を見ているだけでぞくぞくする。

ただ、あのおなごの剣客を御前様にただ献上しても、あのおなごのよさの半分も伝わらないだろう。

あのおなごの剣客は、悪党を斬り、白い肌に血飛沫を浴びてこそ、このうえもなく輝き、このうえもなく、やりたくなるのだ。

「ああ、そのようにされたらっ」

と、男がうなった。次の刹那、おなごの剣客がしごく魔羅の先端から精汁が噴きあがった。

勢いよく噴きあがった精汁は、正面の美奈の乳房にかかっていった。

五

「あれは、小夏ではないか」

神楽坂《かぐらざか》をぶらぶらと歩いていると、突然消えた茶《ちゃ》汲み娘の姿を金四郎は捉えた。このご時世ゆえに、華美な小袖《こそで》は着ていなかったが、見る者が見れば、かなり高価なものだとわかる小袖を着ていた。

声をかけようかと思ったがやめて、あとをつけることにした。

茶汲み娘に不穏な臭いを感じたのだ。これは北町奉行としての勘であった。

突然姿を消して、ひとまわりほどすぎていたが、小夏のうなじからは蒼《あお》い色香を覚えた。小袖の裾《すそ》からわずかにのぞくふくらはぎも、股間にびんびんくる。

小夏は清廉《せいれん》でさわやかなおなごとして人気があったのだが、今は、おなごとして開花していた。それも華やかに開花しているのではなく、昏《くら》く、ひっそりと、それでいて淫靡《いんび》に開花していた。

小夏が十字路を右に曲がった。十字路に急ぎ、のぞく。右手の路地にはずらりと瀟洒《しょうしゃ》な家が並んでいる。囲った女を住まわせている家が多い。

そのうちの一軒に、小夏が入っていった。

「囲われているのか……」

普通に囲われるのなら、両親や信濃屋の主人に黙って姿を消す必要もないだろう。

恐らく攫われ、そしてそのまま囲われているのではないのか。小夏が納得しているのなら、攫ったこともなかったことになる。ひとりで往来を歩いているわけだから、監禁されているわけではないようだ。

監禁……。

浪人ふうの男が小夏の入った家に入っていった。どうやら見張りがついていたようだ。

気づかなかったとは、勘が鈍っているな、と金四郎は自嘲《じちょう》する。

見張りがついているということは、小夏は信用されていないということか。しかし、うなじや腰つきを見ているぶんには、そうとう主《あるじ》の色に染まっているように見える。

　さて、どうするか。両親や信濃屋の主には伝えたほうがよいだろう。いや、どうだろうか。助け出すのがはやいか。でも、小夏は従うだろうか。わからない。

　金四郎はしばらく張ってみることにした。

　夕刻になると、駕籠《かご》が家の前につけられた。天水桶《てんすいおけ》のわきからのぞくと、見知った顔があった。

「あれは確か……井筒屋の主では……」

　男は大きな風呂敷《ふろしきづつ》包みを持っていた。恐らく重箱だろう。夕飯か。井筒屋自らが運んでいるのか。井筒屋が主か。

　駕籠が去り、待つ程なく、あらたな駕籠がやってきた。

　すると、門の前に小夏が姿を見せた。こちらが主か。小夏自らが駕籠の引き戸を引いた。

「これは……」

　恰幅《かっぷく》のよい男が駕籠から出てきた。着流しであったが、頭巾《ずきん》をかぶっていた。

　着流しで頭巾。腰には一本だけさしている。

　見覚えのあるような躰つきに感じたが、はっきりはしない。だが、金四郎は昂っていた。

囲っているおなごのもとに、駕籠で乗りつけながらも、頭巾をかぶっているとは。そのこと自体が怪しい。

金四郎は頭巾の男の素顔を知りたくなった。


「扇屋の娘はどうなっておる」

座敷の上座に座り、小夏の酌《しゃく》を受けて一杯飲むなり、鳥居耀蔵が下座に座る時次郎に聞いてきた。前には時次郎が花村から持参した重箱が置いてある。

時次郎を見やりつつ、身八《みや》つ口《くち》より手を入れて、小夏の乳房をつかんでいく。

「あんっ」

すぐに、小夏が甘い喘ぎを洩らす。耀蔵に囲われるようになって、たいして日は経っていないが、すでに無垢な茶汲み娘ではなくなっていた。

耀蔵のかわいがりに、敏感に応《こた》えるのはよいのだが、飽きられるのもはやそうな気がした。

「押込にしくじりまして……今、美奈には四人もの用心棒がついております。扇屋自体の警戒もかなりのもので、手が出せませせん」

「そうか。それは困ったのう」

困ったと言いつつ、まったく困っていないのだ。

大奥の幕府御用達が扇屋のままでも、耀蔵は痛くも痒《かゆ》くもないのだ。

だが、時次郎は悠長なことは言っていられない。すでに、耀蔵にかなりの金を渡している。

「しかし、滑方も使えないやつであったな」

「滑方を斬ったのは、おなごなのです」

「おなご……」

ううっ、と小夏の美貌が歪んだ。乳房を強く揉んだのか。

「本郷で道場を開く、坂木結衣という、浪人者の娘です」

時次郎はあの晩のあと、扇屋の出入りの魚屋から、おなごの用心棒のことを聞き出していた。

坂木道場の師範代だと聞き、本郷まで足を伸ばし、朝稽古に励むおなごの剣客の姿を見ていた。

十人ほどの門弟相手に、漆黒の髪を弾ませ竹刀を振る姿につい見惚れ、そして稽古着の下の裸体を思い出し、勃起させていた。

結衣は近所では有名らしく、見物にかなりの町人が来ていた。

「おなごは裸で脇差を振って、四人の男を斬りました。乳を弾ませながら刀を振る姿は、それはもう、この世のものとは思えないくらいでした」

「ほう、そうか。裸で人を斬るおなごなど、見たことはないな」

耀蔵が身八つ口から手を引くと、すぐに小夏が酌をする。ぐいっと飲むと、股間を指さす。すると、小夏は着流しの帯を解きはじめる。

「そのおなごの剣客を、ぜひとも御前様に味わっていただきたいのです」

「おなごの剣客は醜女《しこめ》ではないのか」

下帯を取ると、はじけるように魔羅があらわれ、小夏の小鼻をたたく。

あんっ、と小夏が声をあげる。

鳥居耀蔵はいつも魔羅を見事に勃たせている。縮んだ魔羅など目にしたことがない。このたくましい魔羅が、鳥居耀蔵をあらわしている、と時次郎は思った。

「いいえ。それが、目を見張るような美形なのです」

時次郎がそう言うと、耀蔵が反り返った魔羅の先端に唇を寄せようとしていた小夏の髷《まげ》をつかみ、ぐっと引きあげ、

「この顔より美形か」

と、聞いた。はい、とうなずくと、小夏の美貌が引きつった。

「躰はどうだ」

「もちろん、なんともそそる躰をしております。そしてなにより、生娘でございます」

「ほう、生娘か」

あらためて鎌首を舐めようとしていた小夏の美貌が強張《こわば》る。すでに小夏は生娘ではない。小夏の女陰には、数えきれないくらい、耀蔵の魔羅が出入りしている。

「見たいな」

「ここに連れてまいります」

「そのおなごが裸で人を斬るところを見たいな」

と、耀蔵がなんでもないことのように、そう言った。胴体を頬張っていた小夏が震え出す。

「人を斬ったすぐの、そのおなごの剣客を突き刺してみたいのう。この魔羅で」

と言って、耀蔵が腰を突きあげる。

鎌首で喉を突かれ、小夏が、うぐぐ、とうめく。うめきつつも、懸命に吸う。決して顔を引かない。

「この世のものではない、快楽が待っていると思います」

「そうか。それが実現したら、必ず井筒屋に金看板を掲げられるようにするぞ」

「ありがとうございます」

時次郎は深々と頭を下げた。

「ああ、人を斬った直後のおなごの女陰に入れることを想像したら、すぐに入れたくなったぞ」

と、耀蔵が言った。

口の中でさらに大きくなったのか、小夏が、ううっ、とうめき、そして唇を引いていった。唾でぬらぬらの魔羅がはじけるようにあらわれる。それを見て、小夏が、はあっ、と火の息を洩らす。

ひとまわり前まで、生娘であったことが信じられない。すっかり耀蔵の、魔羅の虜《とりこ》となっている。

小夏が帯に手をかけようとすると、

「尻を出せ。すぐに入れたい」

と、耀蔵が言った。

はい、と小夏はその場で四つん這《ば》いになると、耀蔵に向けて小袖に包まれた臀部《でんぶ》をさしあげていく。それを見て、時次郎はすばやくにじり寄り、小夏の小袖の裾をたくしあげていく。

すると、いきなりぷりっと張った双臀があらわれる。

耀蔵に囲われるようになってから、小夏は腰巻をつけていない。耀蔵が入れたいと思ったときに、すぐに穴を出せるようにしていた。

うむ、と耀蔵はうなずき、小夏の尻たぼをつかむと、まさに時次郎の目の前で鋼《はがね》の刃を突き刺していった。

「あうっ、ううっ」

乳を軽く揉んだくらいであったが、小夏の女陰はすでにどろどろに濡れていた。

前戯などいらなかった。鳥居耀蔵が魔羅を出せば、即座に濡れるのだ。

「おう、今宵《こよい》はいつも以上に締めてくるな、小夏」

そう言って、ぱしぱしっと尻たぼを張る。

「あんっ、やんっ」

尻を張られても、甘い声を出す。

「心配するな、小夏。おまえを捨てたりしない」

そう言いながら、ずどんずどんと肉の刃をうしろ取りでぶちこんでいく。

「ああっ、ああっ、御前様っ……ああ、御前様っ、ああ、ずっと、ずっとこのまま御魔羅を、小夏の女陰に入れていてくださいませっ」

ひと突きごとに、小夏は歓喜の声をあげる。

魔羅の出入りする尻に、瞬《また》く間にあぶら汗がにじんでくる。小夏の剝き出しの下半身から、牝の匂いがむんむん薫ってくる。

おなごという生き物は恐ろしい、と時次郎はあらためて思った。

「ああ、締まるぞ、小夏」

「くださいませっ、御前様の御精汁をっ、たくさん、小夏にくださいませっ」

小夏は尻を振って、鳥居耀蔵の中出しを求めつづけた。


「出てきた」

門からさきほどの武士が出てきた。相変わらず頭巾をかぶっている。小夏が見送りに出ていた。白い美貌が上気している。

色香あふれる横顔に、金四郎は柄にもなくどきりとした。

武士が駕籠に乗りこんだ。小夏が奥に消えると、金四郎は駕籠を尾《つ》けはじめた。

神楽坂を出た駕籠は、神田のほうに向かっていく。

尾けつつ、もしや別人を乗せているのでは、と思いはじめていた。だが、はっきりせず、しかも今さら神楽坂に戻っても無駄であろう。

駕籠がとある瀟洒な家の前で止まった。瀟洒ではあったが、位の高い武士が住まうような家ではない。

引き戸が開いた。中にいる武士自らが開いていた。

出てきた男はすでに頭巾を取っていた。髭面《ひげづら》の、見るからに浪人者であった。

「謀《はか》られたか……」

しかし、囲ったおなごのもとに通うたびに、影武者を用意しているのか。

なにゆえそこまで用心する。

ますます、頭巾の武士に興味が湧《わ》いてきた。

第六章　女剣士の白い柔肌

一

夕刻——定町廻《じょうまちまわ》りの勤めを終えた彦三郎は、まっすぐ八丁堀には戻らず、結衣の道場に顔を出していた。

いつものように、結衣相手に、源太と三人で稽古《けいこ》をしていると、道場の入口から訪《おとな》いの声がした。

「坂木様っ、坂木結衣様っ」

源太相手に竹刀《しない》を振っていた結衣は稽古を止めると、入口へと向かう。

「こ、これはっ」

驚きの声とともに、結衣が戻ってきた。一枚の文《ふみ》を手にしていた。

「いかがなされた、結衣どの」

「これをっ」

と、結衣が彦三郎に文を渡す。そこには、美奈を助けたければ、上野《うえの》の大妙寺《だいみょうじ》に来い、と書かれてあった。

「いったい、どういうことなのだ」

「恐らく、扇屋を襲った首謀者でしょう」

「結衣どのを呼び出すというのは、復讐か」

「たぶん……いずれにしろ、美奈さんを助けないと」

そう言うと、結衣は稽古着のまま、刀かけより大刀を鞘《さや》ごと手に取り、では、と道場から出ていく。

「私も参るっ」

と、彦三郎が言うと、あっしも、と源太も竹刀を手についてくる。

「源太さんは危険です」

結衣が止めようとする。

「あっしもなにかの役に立つはずです。それに、こういうときに、戦えるように、やっとうの稽古をしてきたんじゃないですか、結衣様。やっとうは、お稽古ごとではないはずです」

「そうですね」

結衣が凜《りん》とした瞳で源太を見つめ、お願いします、と言った。合点だっ、と源太が竹刀を持つ手をあげた。


「ここですね」

上野の大妙寺に着いたときには、日が暮れていた。

大妙寺は廃寺であった。参道には落葉が敷きつめられていたが、あちこちに踏み荒らされた跡があった。

結衣が先頭を歩いた。落葉を踏みしめ、本堂へと進んでいく。

人の気配は感じられなかった。

結衣が本堂の扉を開いた。中に踏みこむ。

「誰もいませんっ」

と声がして、彦三郎と源太も続いて入った。本堂の中はがらんとしていた。

薬師如来《やくしにょらい》が鎮座《ちんざ》していたが、埃《ほこり》をかぶっていた。

「ここに文がっ」

源太が薬師如来の台座から、一枚の文を持ってきた。

「向島の例の場所で待つ」

と、書かれていた。

「例の場所って、なんですかい」

と、源太が聞く。

「私が四人を斬《き》った場所です」

「四人も……」

「はい。恐らく、相手は私の命を狙《ねら》っているのでしょう」

「そうですかね」

源太が首を傾《かし》げる。

「それ以外に、私を呼び出す理由がありますか」

「あります」

と言って、源太が彦三郎を見やり、結衣を見て、照れたように視線をそらす。

「なんですか」

「結衣どのの……躰《からだ》であるな」

彦三郎は源太に代わって、そう言った。

「私の、躰、ですか」

「そう。それもありうるな」

「私の躰で、美奈さんが助かるのなら、私の躰などどうなっても構いません」

さあ、行きましょうっ、と結衣が先頭を切った。


向島の、例の屋敷まで来たときには月夜となっていた。

屋敷の門の前まで着いた。結衣が門を押すと、ぎぎっと音を立てて開いた。

結衣を先頭に、屋敷に迫っていく。屋敷からは明かりが洩《も》れていた。

結衣が正面の扉を開いた。

すると、天井から吊《つ》られているおなごが目に飛びこんできた。おなごは肌襦袢《はだジユバン》一枚で、がくんと首を折っていた。髷《まげ》を解《ほど》かれた漆黒《しつこく》の髪が、おなごの顔にかかっている。

「美奈さんっ」

結衣は声をかけ、広々とした座敷に飛びこんだ。

彦三郎は中を見まわした。なぜか、美奈らしきおなごしかいない。

「今、縄を切りますから」

結衣が鯉口《こいぐち》を切ったとき、あっ、と源太が声をあげた。

上からばさりと大きな網が落ちてきた。結衣どのっ、と彦三郎は咄嗟《とっさ》に結衣を押しやろうとしたが、その前に、ふたりの上に落ちて、あっという間に網に捕らわれた。

「倉田様っ、結衣様っ」

源太があわてる。

結衣と彦三郎は網から逃れようともがくが、もがけばもがくほど、網が躰にからみついて、動きが取れなくなっていく。

「源太っ、縄を切れっ」

「いや、あっしは竹刀しか持っていません」

そうだった。脇差を渡しておけばよかった。

天井から男が降りてきた。小柄なごろつきだった。

「てめえっ」

源太がごろつきに突っかかっていく。だが、ごろつきは難なく源太の竹刀を避けて、足を引っかけていった。あっ、と源太が倒れ、その後頭部にごろつきが踵《かかと》を落としていった。ごつんと鈍い音がした。

「源太さんっ」

結衣が叫ぶなか、奥の襖《ふすま》が開き、三人の浪人とともに、大店《おおだな》の主《あるじ》ふうの男が出てきた。

どうにか網から逃れたときには、浪人たちが抜いた刃《やいば》が、吊られたままのおなごの胸もとに向けられていた。

「刀をちょうだいしますよ、旦那《だんな》」

大店の主ふうの男がそう言う。浪人のひとりが刃を向けつつ、彦三郎の腰から大小を取る。そして、結衣に迫る。

「いいおなごだ」

髭面《ひげづら》を寄せて、舐めるように結衣を見やる。

結衣が鯉口を切ろうとすると、しゅっと浪人が刃を振った。袴《はかま》の帯が切られ、落ちていく。と同時に、鞘ごと大刀が落ちた。それをごろつきが拾う。

髭面の浪人がさらに刃を振ると、稽古着の帯も切られ、前がはだけた。

白いさらしを巻いた胸もとと、深紅のおなごの下帯《したおび》が食いこむ恥部まであらわれ、ほう、と男たちの目が光る。

「美奈さんを解き放ちなさいっ」

結衣が大店の主ふうの男に向かって、そう言う。

「美奈……さて、誰のことですかね」

大店の主ふうの男が首をひねる。

「その娘のことですっ」

結衣が首を折ったままのおなごに目を向ける。

大店の主ふうの男が吊られたおなごのそばに寄る。と同時に、ふたりの浪人たちは、彦三郎と結衣に刃を向けてくる。かなり慎重だった。

「このおなごですか」

と言って、大店の主ふうの男が漆黒の髪で隠れているおなごの頰《ほお》をぱしっと張った。

おなごが目を覚まし、顔をあげていく。それにつれ、顔にかかっていた髪がわきに流れていく。

「ああ、井筒屋様」

おなごは美奈ではなかった。だが、見覚えがあった。確か、ひとまわりほど前に、いきなり姿を消した……信濃屋の茶汲《ちゃく》み娘の……。

「小夏ではないのかっ」

と、彦三郎が言った。

「おわかりになりますか」

と、井筒屋と呼ばれた男がそう言った。

井筒屋……大店の呉服屋か。

「井筒屋、おまえが、滑方どのに命じて扇屋を襲ったのかっ」

「なんの話ですかな」

「小夏さんを解き放ちなさいっ」

と、結衣が言う。

結衣にはふたりの浪人たちが刃を向けていた。彦三郎はひとりだ。結衣のほうが警戒されている。あのとき、結衣は四人すべて斬っていた。結衣が凄腕《すごうで》の剣客だとわかっているのは、あの場にいたのか。

「井筒屋、見ていたのか」

「結衣様が乳を揺らして、次々と斬っていく姿は、それはもう、震えがくるほどでした」

井筒屋がねばついた目を、稽古着の前をはだけたままの結衣に向ける。

「その話をしたら、ぜひとも見てみたいとおっしゃる御方《おかた》がいましてね」

御前様、と声をかけると襖が開き、頭巾《ずきん》をかぶった武士が姿を見せた。着流しで、腰には一本さしていた。

彦三郎はどこかで見たような気がした。だが、このような体格の武士はどこにでもいる。

御前様と呼ばれた男は、ゆっくりと近寄ると、結衣の前に立った。

頭巾は目しか出ていない。その眼光は鋭かった。

この目……この体軀《たいく》……もしや……いや、まさか、ありえない……。

「そのおなごに刀を渡せ」

と、ごろつきに言った。低く、押し殺したような声だった。声音《こわね》を偽《いつわ》っているようだ。なにゆえ偽る。

声を聞かれたら、素性《すじよう》がばれるからだ。となると、彦三郎か結衣が知っている男ということになる。

……ああ、まさか、まさか。

「い、いいんですかい」

ごろつきが井筒屋に目を向ける。

「御前様の命令は絶対だ。先生たちもそう思ってくださいよ」

と、浪人たちに向かっても、井筒屋がそう言った。

うむ、と結衣と彦三郎に刃を突きつけている浪人たちがうなずく。御前様からは、ずっと人に命令してきた者だけが放つ威厳が感じられた。

それがさらに、頭巾の男があの御方ではないか、と彦三郎を不安にさせていた。

二

「このおなごの肌に刀傷をつけたら、十両。乳より血を噴き出せたら、五十両、出そうぞ。ただ、殺してはならぬ。まだな」

押し殺した声で、御前様がそう言った。

「それはありがたい。俺が最初にやらせてもらうぞ」

と、結衣に刃を突きつけている髭面の浪人がそう言った。もうひとりの鷲鼻《わしばな》の浪人者が下がる。彦三郎には骸骨《がいこつ》のような面相の浪人が、変わらず刃を突きつけている。

どうぞ、とごろつきが結衣に鞘ごと大刀を渡した。

「刀は見世物のために使うものではありません」

結衣がそう言うと、御前様がすらりと大刀を抜き、両腕を万歳の形に吊られたままの小夏に迫った。

「ああ、御前様っ」

小夏の美貌《びぼう》が蒼白《そうはく》になる。

御前様がしゅっと大刀を振った。肌襦袢が裂けて、乳房があらわれる。白いふくらみに、ひとすじ鮮血がにじんでいた。

それを見た小夏が、ひいっ、と悲鳴をあげて、白目を剝《む》く。再び、がくっと首を折った。

「次は乳首を切り落とすぞ、結衣」

と、御前様が言う。

「なんと悪辣《あくらつ》な……私の躰が欲しいのなら、抱けばよい」

と言うなり、結衣は自らの手ではだけたままの稽古着を脱ぎ、さらに胸もとのさらしを取っていった。

「ほう、これは」

弾むようにあらわれたお椀形《わんがた》の乳房に、男たちが目を見張る。すでに何度となく見ていた彦三郎も、思わず、うなってしまう。

それくらい、緊張した場にあらわれた白いふくらみはそそった。

それだけではない。やはり、股間に食いこむおなごの下帯が、稽古着を脱ぎ捨てたことで、よけい目を引いていた。

「まずは十両もらったっ」

と叫び、髭面の浪人が結衣の二の腕めがけ、刃を振っていった。

結衣は鞘を持ったまま、背後に飛んだ。豊満に張った乳房が上下に弾み、男たちの目を引き寄せる。

髭面の浪人は追うように踏みこみ、またも二の腕を狙う。まずは、刀傷の十両狙いだ。そのあと乳を狙い、合わせて六十両いただくつもりなのであろう。

結衣は鞘で浪人の切っ先を受けると、さっと引いた。引きつつ大刀を抜き、胴を払ってくる浪人の刃をぎりぎりはじいた。

「ほう、やるな、お主」

髭面の浪人が不敵に笑う。ただの美形女剣客と違う、と気づいたようだ。

御前様を見ると、小夏の前で目を光らせている。

あの目、見覚えがある。何度となく、彦三郎はあの目でにらみつけられているのだ。

「はやく、白い肌に血をにじませるのだ」

押し殺した声で、御前様がそう言う。

髭面の浪人はうなずき、手加減なしだ、と言うと、たたっと踏みこんでいった。

二の腕狙いではなく、肩を狙って袈裟《けさ》斬りを見舞ってくる。

結衣は肩の上で受けると、さっと体をかわした。だが、それを読んでいた髭面の浪人がすばやく、鎖骨《さこつ》めがけて刃を振ってくる。

結衣は乳房を大きく弾ませ、鎖骨の真上でそれを受ける。

いつの間にか、乳首がつんととがっている。さらしを取ったときには、乳輪に埋《うず》まっていたのだ。

やはり、真剣勝負で結衣は躰を熱くさせているのだ。おなごの剣客の結衣にとって真剣勝負こそ、なにより興奮するものなのだ。

髭面の目が一瞬、そのとがりきった乳首に向いた。そのほんの一瞬の隙《すき》をつき、結衣が疾風《はやて》のごとき太刀《たち》捌《さば》きで、鎖骨より振りあげた刃の先端で髭面の喉《のど》を突いていた。

「ひゅうっ」

甲高《かんだか》い声をあげて、髭面が目を見開いた。

結衣はそのまま、ずぶりと突き刺すと、さっと抜いた。血飛沫《ちしぶき》が噴きあがった。

真正面に立つ結衣の鎖骨から乳房にかかっていく。

「ひゅうっ、ひゅうっ」

と、声をあげつつ、髭面はふらふらと動き、ばたんと仰向《あおむ》けに倒れていった。

座敷の中が異様な静けさに包まれる。

白い肌に鮮血を受けた結衣は美貌を上気させ、異様な色香を醸《かも》し出している。

「情けない野郎だ。おなご相手にやられるなんて」

そう言うと、鷲鼻が結衣の前に立った。

「わしはおまえの乳首を切り落とす」

しゅっと大刀を振りあげ、切っ先をとがりきったままの結衣の乳首に向ける。

右の乳房だけ鮮血を受けていて、右の乳首だけ真っ赤に染まっている。それゆえ、左の乳房の白さと、清廉《せいれん》な匂いのする乳首がよけい目立っていた。

「落としてみせてください」

と応《こた》え、結衣は正眼に構える。

おなごの下帯できわどくおなごの割れ目を隠しただけで、大刀を構える結衣の姿は、この世のものではないほど美しかった。

ちらりと御前様を見ると、鋭い眼光が淫《みだ》らに光っている。

「五十両、もらったっ」

と叫ぶなり、鷲鼻の浪人が一気に踏みこんでくる。たあっ、と真正面から攻めてくる。

結衣は乳房を弾ませ、まっこうから受ける。かきんっと刃と刃が鳴り、結衣が押しやった。

だが、すぐさま鷲鼻の浪人がもう一度、揺れる乳房めがけて刃を振ってくる。

鷲鼻の太刀捌きは凄《すさ》まじく、今にも乳首が飛びそうだった。あっ、と彦三郎は思わず声をあげていたが、まさにぎりぎりのところで結衣が受けた。

そのまま、鍔迫《つばぜ》り合いとなる。

鷲鼻の浪人はかなり大柄だ。丸太のような腕をしている。かたや、結衣の二の腕はほっそりとしている。

力瘤《ちからこぶ》が出るわけでもなく、どこに鍔迫り合いを受けて立つ力が潜んでいるのかわからない。

きりきり、きりっ、と刃が鳴り、鷲鼻の切っ先が乳房に迫る。

見事なお椀形を見せる乳房には、うっすらと汗がにじみはじめていた。腋《わき》の下よりも、つつっと汗の雫《しずく》が流れはじめる。

と同時に、ほとんど裸に近い結衣の肌から、甘い体臭が漂いはじめる。

それをもろに嗅《か》がされ、鷲鼻がひくひくと動く。ほんのわずかだけ、押しやる力が緩《ゆる》み、たあっ、と結衣が押しこんだ。そのまま、切っ先を鷲鼻に突きつける。

おりゃあっ、と鷲鼻がぎりぎり受けて、結衣の刃をわきへと流す。そして返す刀で、弾む乳房を狙ってくる。

裸同然のおなごは、乳のぶんだけ前に出ていて不利だった。乳のぶんだけ刃が届きやすいのだ。

結衣はさっと下がる。そこを鷲鼻が突いてくる。

結衣はどんどん下がっていった。豊かな乳房が上下左右に弾み、汗の雫が谷間に流れている。

「結衣どのっ」

ついに、結衣は壁まで追いつめられた。

「五十両、いただくっ」

そう叫び、鷲鼻の浪人が結衣の乳首めがけて刃を振った。

その刹那《せつな》、結衣は飛んでいた。鷲鼻の頭の上を飛ぶ。

だが鷲鼻は予想していたのか、すばやく刃を動かし、真上を通過する結衣の股間を突いていった。

「結衣どのっ」

一瞬、女陰《ほと》を斬られたのかと、彦三郎は絶叫していた。

鷲鼻の頭を飛んだ結衣が背後に着地した。

股間からぼろりとおなごの下帯が落ちていった。閉じているはずの割れ目から蜜がひとすじ糸を引いていた。

結衣はすぐさま立ちあがり、さっと下がりつつ、大刀を正眼に構える。

「わしの女陰突きを逃れるとはな」

鷲鼻の浪人がにやりと笑う。

おなごの下帯も切り落とされ、すうっと通った花唇があらわになっている。恥毛は薄く、恥丘にひと握りの陰りがあるだけで、割れ目の左右には和毛《にこげ》ほどの毛しかなかった。

それゆえ、おなごのすじがはっきりとわかる。

「生娘《きむすめ》か」

と、御前様がつぶやいた。

「もちろんでございます。御前様におなごにしていただくために、このおなごをここに呼びつけたのです」

と、井筒屋が言う。

「わしの肉刀でひいひい泣かせるかのう」

頭巾からのぞく目がぎらぎら光っている。

あの御方のこんな目を見るのは、彦三郎ははじめてだった。

「生娘か。斬るのは惜しいのう」

と、鷲鼻の浪人が言う。こちらの目もぎらぎらしている。いや、この場にいる男たちみなの目が、牡《おす》の目になっていた。

御前様に限らず、全裸で刃を振る結衣の姿にみなが魅了されていた。

しかも、乳房も太腿《ふともも》も汗ばんでいて、甘い体臭がむんむん薫《かお》ってきている。

視覚だけではなく、臭覚も刺激している。

「おまえに私は斬れない。肌に傷をつけることも叶《かな》わない」

右手一本で大刀を突き出し、結衣がそう言う。

「なにをっ」

と、鷲鼻が間合いをつめてくる。

結衣も間合いをつめていった。たちまち、ふたりの刃がかち合う。かきんっ、

かきんっ、と刃音を立てる。

結衣が右、左、右、と刃を振っていく。それを、鷲鼻が受けていく。

刃を振るたびに、美麗なお椀形の乳房が上下左右に揺れる。乳首はつんととがりきったままだ。

「さあ、乳に刀傷をつけてみなさいっ。できますかっ」

結衣が挑発的にそう言う。

「つけてやるっ」

鷲鼻が切っ先を弾む乳房に向ける。すると結衣はさっと体をかわし、鷲鼻の小手を突いた。

「うぐっ」

かすっただけだったが、小手から鮮血がにじむ。

「私が十両いただいたわ。次はおまえの乳首ね」

と言うなり、凄まじい太刀捌きを見せた。鷲鼻の浪人の着物の前が切られ、あらわになった胸板に鮮血がにじむ。

「ほう、結衣に十両だな」

と、御前様が言う。結衣の太刀捌きに興奮しているのか、声を偽ることを忘れていた。

彦三郎はその声を聞き、確信した。

この男は、南町奉行鳥居耀蔵だと。

なんてことだ……悪行を取り締まる側の人間が、扇屋を襲うことをけしかけ、今、結衣の乳首に賞金をかけて楽しんでいる。

恐らく、井筒屋は幕府御用達《ごようたし》の座を狙っているのではないのか。今、扇屋は大奥の御用達である。その座を狙い、鳥居耀蔵を接待しているのだ。

そう。これは見世物であり、接待なのだ。

結衣の鍛えられた太刀捌きや、見事な躰が賄賂《まいない》となっている。

「乳首をもらうのは、俺だっ」

と叫び、鷲鼻が斬りかかっていく。するとまたも、結衣が飛んだ。鷲鼻の頭を通過していく。そのとき鷲鼻は見あげ、もろに結衣の無垢《むく》な花びらを見た。飛ぶとき股間に力が入り、わずかに割れ目が開いていたのだ。

「あっ、なんと」

すぐさま背後に着地した結衣は間髪《かんはつ》をいれず、乳房を大きく弾ませ、背後より袈裟斬りを見舞った。

「ぎゃあっ」

と叫び、鷲鼻が背中から鮮血を噴き出しながら、うつ伏せで失神したままの源太にかぶさるように倒れていった。

三

源太が目を覚ました。いきなり、真っ白な足が目に飛びこんでくる。顔をあげるにつれ、太腿、そして剝き出しの割れ目が視界に入る。

「な、なんだいっ」

と言いつつ、さらに目線をあげると、形のよい乳房が見えた。それに見覚えがあった。

「結衣様っ」

と叫び、さらに上を見ると、結衣が見下ろしていて、目が合った。

起きあがろうとして、上に男が乗っていることに気づく。

「おまえ、その武士を縛れ」

と、ごろつきに御前様が言った。押し殺した声音に戻っている。ごろつきは、腕利きの浪人をふたりも斬った結衣を、あっけに取られた顔で見ている。

「おいっ、はやくしろっ」

と、御前様がどなりつけた。へいっ、と我に返った顔になり、荒縄を手に、彦三郎に迫る。

「旦那、両手をうしろにやってください」

と、ごろつきが言う。彦三郎の目の前には骸骨のような浪人が立ち、変わらず切っ先を向けている。骸骨が一番できると踏んでいた。今も、まったく隙がない。

まあ、彦三郎は得物《えもの》なしゆえ、御前様の気分次第では、そのまま斬られてもおかしくはないのだが。

あの御方は、俺をいったいどうなさるおつもりなのだろうか。やはり、最後は斬るのか。斬るつもりなら、頭巾はかぶっていないのでは。

「はやく、手をまわせ」

と、骸骨が口を開いた。地獄の底から蘇《よみがえ》ったような声だ。

彦三郎は言われるまま、両腕を背中にまわす。すると、ごろつきが手首に縄を巻いてくる。

「足も縛っておけ」

と、御前様が言う。

ごろつきが、へいっ、と足首にも縄を巻いていく。

骸骨がすうっと切っ先を突き出してきた。避けようと、下がろうとすると、そのまま背後に倒れていった。

「倉田様っ」

と、源太が叫ぶ。立ちあがろうとしているが、死骸が重いのか、まったく腰があがらない。

「おまえ、乳を斬ってよい。乳首を狙うから、みな敗《やぶ》れるのであろう。その大きな乳を斬ってよいぞ」

と、御前様が押し殺した声でそう言った。

「ざっくり斬ってご覧にいれましょう」

骸骨が不敵に笑い、結衣に切っ先を向ける。

結衣はふたりを斬って、かなり昂《たかぶ》っているように見える。全身は汗ばみ、鎖骨からも汗の雫が流れている。

さきほど飛んだときにわずかに開いた割れ目も、今はぴったりと閉じている。

骸骨がすすっと結衣に寄っていく。すると、結衣は下がっていく。

骸骨がすっと迫った。動いたと思った次の刹那には、結衣の真ん前にいた。そして、疾風のごとき太刀捌きで刃を振っていた。

結衣は咄嗟に飛んでいた。骸骨の頭の上を通過する。

それを見て、骸骨が刃をあげる。割れ目を突き刺すことは叶わなかったが、太腿を刃がかすった。

絖《ぬめ》白い太腿に、ひとすじ鮮血がにじみはじめる。

「十両っ」

と、御前様が言った。

結衣が着地するとすぐに、骸骨が背中に刃を振り下ろしていく。

「結衣様、危ないっ」

と、源太が叫び、結衣は着地したまま、ころがっていった。骸骨の刃が畳に突き刺さる。

ごろごろところがり、きわどく逃げた結衣が起きあがる。

すでに骸骨は体勢を立て直し、結衣に向かってきた。立ちあがるひまもなく、結衣は片膝立ちで骸骨の刃を受ける。

かきんっ、と刃音が鳴り、そのまま鍔迫り合いとなる。

がりっがりっ、と不気味な音を立てつつ、骸骨が押しこむ。それを、渾身《こんしん》の力で結衣が受ける。

あらたな汗が噴き出し、結衣の裸体があぶらを塗ったように絖光っていく。乳首はさらにとがっていた。清廉な淡い桃色でありつつ、とがりかたは大年増《おおどしま》のような淫らさだ。

それがたまらなく男たちを興奮させている。御前様も、井筒屋も、彦三郎も源太も、そしてごろつきも、みな結衣に釘《くぎ》づけであった。

骸骨の刃がぐぐっと結衣の額に迫っていく。結衣の全身に力が入り、玉のような汗が一気に浮かびあがった。汗の雫を大量に流しつつ、

「う、ううっ」

とうめきながら、骸骨の刃を押し返していく。

「乳を斬れ」

と、御前様が言う。また、普段の声になっている。

「五十両、いただきだっ」

と叫び、骸骨がさっと刃を引いた。ぐっと押しあげていた結衣が体勢を崩した。がら空きとなった乳房めがけ、骸骨が刃を突き出していった。

乳首が斬られるっ、と彦三郎は思わず目を閉じていた。

だが、結衣の叫びは聞こえず、代わりに、かんっ、という音がした。

「誰だっ」

御前様の声に彦三郎は目を開け、入口のほうに目を向けた。

そこには、遊び人ふうの男が立っていた。次々と、石の礫《つぶて》を投げてくる。

それは正確に骸骨の刃に当たっていた。

骸骨の気が遊び人ふうの男に向いた刹那、結衣が反撃に出た。

「おのれっ」

と叫び、片膝の形から大刀をぐぐっと振りあげた。

骸骨が結衣の刃を受けようとしたが、ほんのわずか遅れた。

結衣の刃が骸骨の胸もとから喉へと斬りあげていく。

「ぎゃあっ」

胸板から喉を真っぷたつに斬り裂かれ、骸骨が絶叫した。

結衣の美貌から喉、乳房へと鮮血がかかっていく。

結衣はそれを避けることなく、真正面から受けつづけ、さらに袈裟斬りを見舞った。

骸骨が崩れ落ちる。

「結衣どのっ」

「結衣様っ」

と、彦三郎と源太が叫ぶ。

「あいつがいないっ。どこに逃げたっ」

結衣が叫び、御前様が出てきた襖のほうへと走り出す。

座敷を見まわすも、御前様だけでなく、井筒屋も遊び人ふうの男も消えていた。

「逃げ足の早いやつだっ」

彦三郎も追おうとするが、両手両足を縛られたままで、どうすることもできない。

「源太っ」

と、彦三郎が叫ぶ。へいっ、と源太が鷲鼻の浪人を押しのけようとしている。

「あっ、いやっ、やめてっ」

小夏の声に、はっとする。見ると、ひとりだけ残ったままのごろつきが、肌襦袢を剝《は》ぎ取り、腰巻もむしり取ろうとしていた。

鮮血を受けた乳房を揺らし、三人もの浪人たちを斬った結衣を見て、異常な昂りの中にいるようだ。

「入れたいっ。ああ、結衣様に入れたいっ。結衣様とやりたいっ」

結衣様、結衣様、とつぶやきつつ、腰巻も取った。

「いやいやっ、助けてくださいっ、お武家様っ」

両腕を吊られたままの小夏が、彦三郎に救いの目を向ける。

「結衣様っ、結衣様っ」

と叫びつつ、ごろつきが着物を脱ぎ、褌《ふんどし》をむしり取った。たくましく反り返った魔羅《まら》があらわれる。先端は、大量の我慢汁で真っ白だ。

ごろつきが小夏の尻を背後からつかもうとする。

「だめ、だめっ」

小夏が足をばたばたさせて、吊られた裸体をうねらせる。

「動くなっ、牝っ。結衣様に入れるんだっ」

ごろつきは、なにかに取り憑《つ》かれたような目で、小夏のぷりっとした尻をぱしぱしと張る。

「やめろっ。やめるのだっ」

彦三郎は縄から逃れようと、もがきつづけている。

「いや、いやっ、助けてくださいっ」

「動くなっ、牝っ」

結衣様っ、と叫びつつ、ごろつきが立ったまま、うしろから魔羅を突き刺していった。ずぶりと入っていく。

「ひいっ」

小夏が絶叫し、吊られた裸体をぶるぶる震わせる。

「ああ、なんて締めつけだいっ。ああ、結衣様、結衣様っ、そんなに締めないでくださいっ」

ごろつきは惚《ほう》けたような顔で、小夏を突きつづける。

源太がようやく死骸から逃れるように起きあがった。

「やめろっ」

一直線に、小夏とつながるごろつきに向かっていく。

小夏相手に腰を振っているごろつきに、離れろっ、と突っかかっていく。

ごろつきは構わず、結衣様、と叫びつつ小夏を突いていたが、源太の気合いの入った握りこぶしが頬に炸裂《さくれつ》して、ひっくり返った。

小夏の穴から抜け出た魔羅は、先端からつけ根まで絖っていた。

「なにしやがるっ」

ごろつきが起きあがろうとしたが、その前に源太がのしかかり、あごに握りこぶしを炸裂させた。ぐえっ、とごろつきが白目を剝く。

「ああ、小夏さんっ、ああ、信濃屋の小夏さんだよねっ。ああ、小夏さんっ」

と、今度は源太が吊られたままの小夏の裸体に抱きついていく。こちらは正面からだ。上向きに反った乳房に顔を押しつけ、小夏さんっ、とうめきつづける。

「源太っ、はやく助けるのだっ」

じれた彦三郎が叫ぶ。それで我に返った源太は、はっと乳から顔を引き、すいやせんっ、と謝りつつ、小夏の両手首を縛っている縄を解いていった。

ようやく自由になった小夏が、ありがとうございますっ、と礼を言いつつ、源太に抱きついた。

しなやかな両腕をしっかりと源太の背中にまわして、小夏のほうから唇を源太の口にぶつけていった。そう。まさに、ぶつけていた。

小夏の唇と重なったとたん、源太の躰が硬直した。

小夏が唇を引いても、源太は躰を震わせている。

「い、今、あっし……小夏さんと、口吸いをしたよね……小夏さんと口吸いを」

頬を赤らめて、はい、とうなずき、小夏が再び唇を重ねていく。

「源太っ、はやく、縄を解けっ」

彦三郎がもう一度叫ぶが、今度はそのまま、小夏と口吸いを続けている。

「源太っ、なにをしているっ」

どなりつけると、やっと源太の耳に届いたのか、はっ、と口を引き、倉田様っ、とあわてて、寄ってくる。

四

鳥居耀蔵は井筒屋に案内されて、隠し部屋にいた。座敷の横にあり、座敷をのぞけるようになっていた。

ここからまぐわいをのぞいたり、のぞかせたりしていたらしい。悪趣味だったが、役に立っていた。

しかし、あの遊び人ふうの男はいったい誰だ。石礫の邪魔が入った刹那、耀蔵はすばやく襖の向こうに逃げていた。すぐに井筒屋も逃げてきて、こちらに、と隠し部屋に案内されたのだ。

ちらりと目にしただけだったが、どこかで見たような気がした。いずれにしても、乳首を斬り落とす直前の刃に、石を当てる力量はかなりのものだ。ただの遊び人ではあるまい。

考えられるのは、倉田たちの仲間ということだが、そうでもないようだ。

あの遊び人からはどうにか逃げられたが、この井筒屋と小夏の口を封じる必要がある。

小夏は今、のぞき穴の向こうで源太と呼ばれていた町人と口吸いをしている。

口吸いをやめて、倉田の縄を解きはじめる。

縄を解かれた倉田が畳に落ちている大刀をつかむと、小夏を任せた、と言い置き、ふたりを座敷に残して出ていった。

今だ、と思い、

「出るぞ」

と言った。のぞき穴のついた戸は閂《かんぬき》で閉じられていて、耀蔵はそれを引いて開けるなり、座敷に出た。源太と小夏に迫る。

「あっ、御前様っ」

小夏は習慣になってしまっているのか、その場に正座をして頭を下げた。源太はどうしていいのか困惑の表情を浮かべている。

耀蔵は腰から大刀を抜くなり、まったくためらうことなく、小夏のうなじめがけて振り下ろしていった。一閃《いっせん》で首が斬り落とされて、ごろんと畳をころがる。

目の前で小夏の首を斬り落とされて、ひいっ、と源太が甲高い声をあげた。尻餅《しりもち》をつく。

耀蔵は血まみれの刃を源太に向けていく。

源太はぎりぎり刃を避けた。

ひゃあっ、と背後で井筒屋の声がした。情け容赦《ようしゃ》なく、小夏が斬られたのを見て驚いたあと、今度は自分が斬られると気づいたのであろう。

ここで井筒屋を逃がしてはまずい。

耀蔵は踵《きびす》を返し、奥の襖のほうへと逃げようとしている井筒屋を追う。井筒屋はかなり恐怖を感じているのか、すぐに足をもつれさせ、倒れていった。

「ああ、御前様っ、御前様っ、命だけは、お助けくださいっ」

膝立ちで、すがるように見あげてくる。

耀蔵は表情を変えず、ためらうことなく袈裟斬りを見舞う。ぎゃあっ、と一撃で、井筒屋もあの世に往《い》った。

耀蔵はすぐに振り返り、座敷を見まわしたが、源太の姿はなかった。

金四郎は頭巾の男を追って、屋敷の裏手に来ていた。

裸のおなごの剣客が骸骨を斬るのを見て、すぐに頭巾の男を追ったのだが、忽然《こつぜん》と消えていた。

「どこに消えやがった」

なんとも逃げ足のはやいやつだ。

金四郎は小夏が囲われている家への張りこみを続け、あの頭巾の男があらわれるの根気よく待っていたが、今宵《こよい》、駕籠《かご》がつけられ、小夏だけ乗りこんで移動をはじめたのだ。

頭巾の男と家の外で会うのではないかと思い、あとを尾《つ》けた。大川沿いまで駕籠は向かい、とある船着場で小夏が降りた。そこに、井筒屋が待っていた。

ふたりは屋根船に乗りこみ、上流へと向かいはじめた。

金四郎は追うべく猪牙船《ちょきぶね》を探したが、あいにくなかなか見つからず、ようやく乗ったときには屋根船が消えていた。

どうしたものかと思ったが、井筒屋が向島にふたつの別宅を持っていることを調べてあり、そこに向かうのではないかと、賭《か》けることにした。

向島で猪牙船を降り、一軒目の別宅に向かったが、明かりは灯《とも》っていなかった。そしてもう一軒を訪ねると、明かりが洩れており、そっとわずかに戸を開き、中をのぞくと、裸のおなごが骸骨のような男と鍔迫り合いを演じていた。

まわりを見ると、ふたりの浪人が斬られていて、頭巾の男に井筒屋、それに小夏が吊りあげられていた。

裸のおなごは血まみれで、あのふたりを斬ったのは、このおなごなのか、と目を見張っていると、骸骨の刃がおなごの乳首に迫った。

金四郎は反射的に戸を開いて中に入るなり、懐《ふところ》から出した石ころを刃に向けて投げていた。

金四郎は遊び人のなりのときには、常に石ころを懐に忍ばせている。町人のなりゆえ、得物を持っていないため、いざというときはけっこう役に立っていた。

しかし、裸のおなごの太刀捌きには驚いた。乳首より刃がわずかにずれた隙を逃さず刃を振りあげ、骸骨男を真っぷたつに斬ったのだ。

裸のおなごは骸骨男から噴き出す鮮血を真正面から浴びつつ、さらに袈裟斬りを見舞っていた。

あまりに鮮やかな太刀捌きを見せられ、頭巾の男と井筒屋を追うのがわずかに遅れた。足には自信があるから追いつくと思ったが、ふたりとも消えていた。

背後で人の気配を感じて振り向いた。

「おう……」

そこには、裸のおなごが立っていた。

鎖骨から乳房、お腹や太腿、白い裸体の半分近くが鮮血で染まっていた。

割れ目を剝き出しのまま、大刀を手にあらわれたおなごの美しさに、金四郎は柄にもなく圧倒される。

「頭巾の男はどこに……」

と、おなごが聞いてきた。

「あっ、ああ……」

見惚《みと》れていた金四郎は、咄嗟に返事の言葉が出なかった。

俺としたことが、なんてことだ。

吟味《ぎんみ》の場で罪人を震えあがらせている名奉行も、おなごの美貌に形なしである。

「頭巾の男は……」

と聞きつつ、裸のおなごが屋敷の裏手を歩きはじめる。

うしろ姿を目にして、金四郎はどきりとなる。正面は血まみれだったが、うしろには血を受けていなかった。それゆえ白い背中や白い尻、それに白いふくらはぎが金四郎の目に映っていた。

おなごは戦いのあとゆえか、全身汗まみれにさせていた。

背中は華奢《きゃしゃ》で、腰も折れそうなほどくびれていた。

こんなほっそりとした躰のどこに、三人もの浪人たちを斬る力を秘めているのか、と金四郎はますます興味を持った。

腕も腰も細かったが、尻は見事な張りを見せ、長い足を運ぶたびに、ぷりぷり誘うように動いている。

おなごが振り返った。

「頭巾の男は消えました」

「消えた……」

「そうです。ここは井筒屋の別宅なのです。井筒屋に案内されて、逃げたのでしょう」

裸のおなごが近寄ってくる。鮮血まみれの乳房がゆったりと揺れる。乳首はつんととがりきっていた。

見てはならぬ、と思っても、まじまじと見てしまう。

おなごのほうは、乳も割れ目も剝き出しのままでも恥じらいは見せていない。恐らく、浪人相手の戦いで気分が変に高揚していて、おのれが今、全裸であることにさえ気づいていないと思った。

「さきほどは命を助けていただき、ありがとうございました」

真正面に立ったおなごが深々と頭を下げた。血の臭《にお》いとともに、なんとも甘い体臭が薫ってきていた。

「私は、坂木剣山の娘、結衣と申します。本郷で道場を開いています」

「そうですか」

「あなた様は……お名前をうかがってもよろしいでしょうか」

遊び人相手に、丁寧な応対を見せている。

「いやあ、あっしは、その名乗るほどのものではありません」

「しかし、その姿は仮の姿ではありませんか」

「えっ」

「あの頭巾の男を追って、ここまでいらっしゃったのでしょう」

確かにそうだ。こんな場所、通りすがりで寄るわけがない。

「あっしは金四郎と申します。けちな遊び人です」

「金四郎さん」

なぜか、名前を呼ばれるだけで、金四郎はどきりとした。

なんだい。これは。北町奉行ともあろう男が、裸のおなご相手におなご知らずのようになっている。

「あっ」

と、結衣と名乗った裸のおなごが、金四郎の背後に目を向けた。

「結衣どのっ」

振り返ると、畳にころがされていた男が大刀を手に姿を見せていた。

「彦三郎様っ」

と、名を呼び、結衣が男に向かって駆けはじめた。

結衣は大刀を手放すと、男の胸もとに飛びこんでいく。男も大刀を手放し、結衣の裸体を迎えた。

「彦三郎様っ」

「結衣どの、大変であったな」

ふたりは金四郎がいるのにも関係なく、口と口を合わせていった。

金四郎は御前様と井筒屋を探すべく、屋敷に戻っていった。

五

「たあっ」

道場に、源太の声が大きく響く。ぱしっ、と竹刀と竹刀が合わさる音がする。

あの件以来、源太の稽古はさらに熱が入ってきていた。結衣をおなごの剣客として、ますます尊敬しているようだった。

彦三郎自身も、結衣を剣客としてさらに一目置くようになっていた。

向島の屋敷での、乳を揺らしての結衣の太刀捌きの素晴らしさは、今でも脳裏に鮮やかに刻みこまれている。

「面っ」

結衣の竹刀が、源太の額ぎりぎりで止まる。ありがとうございましたっ、と源太が下がる。

「倉田様、どうぞ」

手拭《てぬぐい》で首すじの汗を拭い、結衣が声をかける。

彦三郎は竹刀を持ち、結衣と向かい合う。お互い正眼に構えて対峙《たいじ》する。

あの夜、屋敷の裏手で結衣と濃厚な口吸いをしたあと、まわりを見ると、結衣を救った遊び人は消えていた。

――金四郎というお名前です。

と、結衣が言った。

――金四郎……。

金四郎と言われて即座に浮かぶのは、北町奉行の遠山景元である。金四郎は通り名で、希代《きたい》の名奉行である。

金四郎は、月番ではないときは町人に扮《ふん》して、江戸市中を見まわっているという噂《うわさ》を耳にしていた。

となれば、石礫で結衣を救った遊び人は、北町奉行だとも考えられる。

――もしかしたら、北町奉行の遠山様かもしれない。

――遠山様……北町奉行の……。

そう考えると、あの場に金四郎がいた理由もわかる。

――井筒屋を追っているようでした。

――井筒屋を……。

井筒屋は小夏ともども、御前様に斬られていた。源太も斬られるところだったが、きわどく逃げていた。

御前様……あの鷹《たか》のような鋭い目、小夏の首も斬り落とす冷酷さを思えば、あの御方しかいない。

南町奉行、鳥居耀蔵。

「面っ」

結衣の竹刀の先端が、彦三郎の額の直前で止まった。

「参りました」

彦三郎は頭を下げる。

「心ここにあらずのようですね」

結衣が凜とした眼差《まなざ》しを彦三郎に向ける。

「竹刀を持って立ち会うときに、邪念が入れば必ず負けます」

「すまない」

彦三郎は今一度頭を下げた。

彦三郎は下がり、源太に代わる。源太は元気よく、結衣に突っかかっていく。

結衣が小手をはじき、源太の胴を狙う。背中に流し、根元で結んでいる漆黒の髪が大きく揺れている。

あのときも、裸の結衣と抱き合い、口吸いをした。結衣との口吸いに夢中になり、口を引いたときには、遊び人は消えていた。

それでもすぐにまた、結衣は彦三郎の口を求め、舌をからませてきた。血まみれの乳房を強く彦三郎の胸もとに押しつけていた。

あのとき、結衣の息はいつも以上に甘かった。裸体から立ちのぼる汗も体臭も甘かった。

あの場で結衣を押し倒せば、結衣とつながれていたのではないか。結衣もそれを強く望んでいた気がする。

「胴っ」

源太の竹刀が結衣の腹に、見事に決まった。寸止めではなく、稽古着の上からぴしっとたたいていた。

ううっ、と結衣がうめいた。

「すいやせんっ、結衣様っ」

彦三郎は驚きの目で結衣を見た。源太の胴があんなに見事に決まるのをはじめて見たからだ。

結衣が美貌を歪《ゆが》めつつ、彦三郎のほうを見た。その目を見て、どきりとした。さきほどまでの凛とした眼差しではなく、ねっとりとからむような目つきだったからだ。

その目は、あのとき、どうして結衣を抱いてくださらなかったのですか、と告げているように見えた。

結衣こそ、邪念が入っている。それも、淫らな邪念だ。

源太が下がり、彦三郎が竹刀を手に、再び結衣と向かい合う。彦三郎は、たあっ、といきなり踏みこんでいった。

「面、面っ、面っ、小手、小手、面っ」

と、間髪をいれず、次々と竹刀をくり出していく。

結衣は受け身一方になる。淫らな邪念のまま、彦三郎と対峙していた。

彦三郎の突きが、結衣の胸もとに入った。偶然、乳首を捉えたようで、

「あんっ」

と、なんとも甘い声をあげて、結衣が竹刀を持つ躰をがくがくと震わせた。

「結衣様」

源太が惚けたような顔で結衣を見ていた。

稽古を終えて、彦三郎は井戸端にいた。いつもはともに汗を流す源太が、野暮用があってすぐに帰っていた。

となると、結衣とふたりきりである。

結衣は片肌を脱いで、腋のくぼみの汗を手拭で拭っている。夕日が白い肌を朱色に染めている。

「諸肌《もろはだ》にされたらよい」

と、彦三郎は言った。彦三郎のほうは諸肌脱ぎで、鍛え抜かれた上半身を出している。

結衣は彦三郎をじっと見つめ、そして言われるまま、諸肌にぐぐっと稽古着を下げていった。白いさらしに巻かれた胸もとがあらわれる。乳房は豊満で、さらしからかなりはみ出している。

その柔肉には無数の汗の雫が浮きあがり、次々とさらしへと流れていた。

「暑そうだ」

「涼しくしてくださいませんか」

彦三郎はうなずき、胸もとのさらしをつかむと、ぐぐっと引き下げていく。

すると、豊満に実った乳房が弾むようにあらわれた。乳首はしこりきっている。

「私が拭《ふ》こう」

そう言うと、彦三郎はその場にしゃがみ、桶《おけ》に手拭を浸し、そして絞る。

見あげると、見事なお椀形にため息が出る。この白くて美麗な乳房が、鮮血に染まっていたのだ。

「あのときのことを、思い出していらっしゃるのでしょう」

彦三郎はなにも答えず立ちあがると、手拭を乳房に押しつけていった。とがりきった乳首をなぎ倒すようにして、乳房の汗を拭いていく。すると、

「あんっ」

と、結衣が甘い声を洩らす。

彦三郎は右のふくらみを拭いつつ、左のふくらみを鷲づかみ、こねるように揉んでいく。こちらも手のひらで乳首を押しつぶしていく。

「はあっ、ああ……」

結衣が火の喘《あえ》ぎを洩らす。今日こそ、今こそ、結衣とひとつになるのだ。

すでに何度も口吸いをして、何度も乳を揉んでいる。今日こそ、まぐわいを。

彦三郎は結衣の袴に手をかけ、引き下げていった。稽古着が大きくはだけ、お

なごの下帯が食いこむ恥部もあらわになる。

それを見た彦三郎は急いで着物を脱ぎ、下帯も取った。

ぐぐっと反り返る肉の刃に夕日が当たる。

「彦三郎様……」

結衣が火のため息を洩らし、反り返った魔羅をつかんできた。

「硬い……すごく硬いです」

彦三郎も結衣の股間に手を伸ばし、割れ目に食い入るおなごの下帯を引き剝いでいく。

「あっ、ああ……」

稽古の最中に下帯が割れ目に深く食い入っていて、おなごの蜜が糸を引いた。

「結衣どのっ」

お互い生まれたままの姿になり、彦三郎は結衣の裸体を抱き寄せる。鋼《はがね》の魔羅の先端がおさねに当たり、あうっ、と結衣が裸体を震わせる。

「入れてよいか、結衣どの」

「はい……」

と、結衣がうなずく。

このままひと思いにつながろうと、おなご知らずのくせして立ったまま入れようとする。

だが、これがいけなかった。何度か突くも、うまく入らない。

結衣はじっと彦三郎の挿入を待っている。浪人相手に凄まじい太刀捌きを見せていた同じおなごはと思えぬほど、しおらしく待っている。

やっと、先端が入口を捉えた。

ここだ、と思ったときに、

「忘れものしましたっ、結衣様っ」

という源太の声が道場から聞こえ、はっと結衣があわてて腰を引いていた。

彦三郎の魔羅はいまだ、おなご知らずであった。

コスミック・時代文庫

天保艶犯《てんぽうつやはん》科帖《かちょう》

【著者】
八《や》神《がみ》淳一《じゅんいち》

【発行者】
杉原葉子

【発行】
株式会社コスミック出版
〒154-0002 東京都世田谷区下馬 6-15-4
代表 TEL.03(5432)7081
営業 TEL.03(5432)7084
FAX.03(5432)7088
編集 TEL.03(5432)7086
FAX.03(5432)7090

【ホームページ】
http://www.cosmicpub.com/

【振替口座】
00110-8-611382

【印刷／製本】
中央精版印刷株式会社

乱丁・落丁本は、小社へ直接お送り下さい。郵送料小社負担にて
お取り替え致します。定価はカバーに表示してあります。

ISBN978-4-7747-6213-5 C0193